陈永国 / 著

朝着生命落脚的地方

Toward a Place Where Life Sets

山东文艺出版社

图书在版编目（CIP）数据

朝着生命落脚的地方/陈永国著．—济南：山东文艺出版社，2021.11
ISBN 978-7-5329-6457-4

Ⅰ.①朝… Ⅱ.①陈… Ⅲ.①诗集—中国—当代 ②散文集—中国—当代 Ⅳ.① I227 ② I267

中国版本图书馆 CIP 数据核字（2021）第 212054 号

朝着生命落脚的地方
CHAOZHE SHENGMING LUOJIAO DE DIFANG
陈永国 著

主管单位	山东出版传媒股份有限公司
出版发行	山东文艺出版社
社　　址	山东省济南市英雄山路 189 号
邮　　编	250002
网　　址	www.sdwypress.com
读者服务	0531-82098776（总编室）
	0531-82098775（市场营销部）
电子邮箱	sdwy@sdpress.com.cn
印　　刷	山东新华印务有限公司
开　　本	700 毫米 ×1000 毫米　1/16
印　　张	19
字　　数	150 千
版　　次	2021 年 11 月第 1 版
印　　次	2021 年 11 月第 1 次印刷
书　　号	ISBN 978-7-5329-6457-4
定　　价	68.00 元

版权专有，侵权必究。如有图书质量问题，请与出版社联系调换。

目　录

新　风

麻雀落在我的胡子上　/ 3
在平静的呼吸中　/ 5
魂在诗中栖　/ 7
这实在的真实　/ 9
我依然与你相拥　/ 11
镜中的面容　/ 13
色彩缤纷的森林　/ 15
昨夜里星的缠绵　/ 18
归来兮　/ 20
我听见潺潺的水声　/ 21
醒来并非那么残酷　/ 23
扫码　/ 25
阴天　/ 27
风的无语　/ 29

雨后的清爽 / 31

只为了远离 / 33

那是你的血脉 / 35

珀耳塞福涅 / 37

终于它来了 / 39

只在风中 / 41

我独爱莲的静卧 / 42

云在心房 / 44

心的意念 / 45

月光空留一丝情怀 / 47

客自影中来 / 49

真实莫过于物性 / 50

风在途中 / 52

深秋的性格 / 54

重与轻 / 56

依然颠沛遥远 / 58

巢房 / 59

黄昏独愁 / 61

静 / 63

你 我 她 / 64

男儿的泪 / 66

长夜有心 / 68

词语抛弃了意义 / 70

问题 / 71

黑天鹅 / 73

水的安静 / 74

夜的永恒的缠绵 / 76

风起的时候 / 79

阳光洒在草叶上 / 81

一缕炊烟 / 83

我何以丢 / 85

月归圆 / 88

昨夜风吹昨夜听 / 90

我为什么喜欢晚霞的哀婉 / 92

寻寻觅觅的心境 / 94

我天生一副灵耳 / 96

立冬的早晨 / 98

那夜的气味 / 100

我欲欢乐此刻 / 102

一只会说警句的乌鸦 / 104

凡有黑胆汁的地方 / 106

在无人阅读的藩篱中 / 108

忧郁仍在精神的浮空里飘零 / 111

在心的明镜中 / 113

水中倒影印映着希望 / 115

致讨厌的T / 117

为了隔离 / 119

拇指录之一 / 121

拇指录之二 / 123

拇指录之三 / 125

拇指录之四 / 127

拇指录之五 / 129

拇指录之六 / 131

拇指录之七 / 133

拇指录之八 / 135

拇指录之九 / 137

拇指录之十 / 139

拇指录之十一 / 141

拇指录之十二 / 143

过往的脚步 / 145

战斗在继续 / 147

真情随呼声悄然溜走 / 148

人啊 你 / 150

路边的椅子 / 152

日落时分的松鼠 / 153

玉照 / 155

我的路 / 157

诗无奈地垂下了高贵的头 / 160

美的令人恐惧的多重含义 / 163

朝着深山里野蛮的幸福 / 167

带着世俗的埃尘 / 170

嬉笑中去了百态人生 / 172

风光旖旎依然 / 174

那条你我并肩的路 / 177

物有裂痕 / 179

将进步 / 181

我仰望星的愁容 / 183

捧起远方的一把沃土 / 185

永恒的轮回中　/ 187

缘自缘中生　/ 190

我是傻瓜　/ 193

朝着生命落脚的地方　/ 195

梦里　/ 199

大地只剩下一种性格　/ 201

一个人生的秘密　/ 205

咖啡的香味　/ 206

思想逃出我的情绪　/ 207

微雨淅沥　/ 209

爱恨缠绵盈盈一水间　/ 212

寒风中重压的冰雪　/ 214

含血的泪不再温暖　/ 216

城市累积的窗口　/ 218

我厌倦了　/ 220

裸体画之一　/ 224

裸体画之二　/ 226

裸体画之三　/ 229

裸体画之四　/ 231

裸体画之五　/ 234

旧　韵

环球同此凉热　/ 239

诗二首　/ 240

诗二首　/ 241

元宵夜 / 242

清明 / 243

秦皇岛外 / 244

朦胧的耳 听着碎梦 / 246

终不见 / 248

半山风景 / 249

乌云落日 / 250

应县木塔 / 251

春游 / 252

五言 / 253

湖上除莠 / 254

问当下 / 255

初秋 / 256

残荷一夜秋 / 257

落花时节 / 258

朝颜 / 259

落荷 / 260

无是无非度春秋 / 261

修缘 / 262

咖啡无因 / 263

毛尼握手 / 264

贪食者记 / 265

读春柳之《雪柳》 / 267

狗男女 / 269

华苑行 / 270

杂感之一 / 278

杂感之二　/ 281

杂感之三　/ 284

杂感之四　/ 287

杂感之五　/ 290

跋　/ 293

◎ 新风

麻雀落在我的胡子上

麻雀落在我的胡子上
筑起了窝巢
我在写作　不为读者
而为我自己
我在麻雀窝里活着
今天　我活着
在麻雀窝里　那本该
是我的胡子
明天　这胡子将成为
一个故事　胡子的故事
我的今天的故事
我和胡子　我和麻雀
我和今天　明天
绝对不是今天

所以我的胡子
筑巢的麻雀　以及
感知这一切的我
连同那得意和愤怒
都随着昨天去了

在平静的呼吸中

在平静的呼吸中
我寻求心的平和
在有节奏的呼吸中
我遵循生命的律动
在三四月交替的日子
我想着六七月的漫长
昏睡的白天和无眠的黑夜
残缺的时间和荒废的世界
一片红叶　一滴红酒
红色旅游鞋　家园的红土
浸润着时髦的汽油味
童年的土气和少年的书声
伴随着浓郁汗渍味的遗忘
我面前的旅程　崎岖而短暂

汽车与飞机　游艇与轮船
游民聆听刽子手的歌声
不是无路可走　而是路太远
不是无水可游　而是水太混
污染了相聚的残缺的时光
窗帘飘动　那是音乐的旋律
橡果飘落　那是地心的引动
燕子飞去了　留下麻雀啄食
大地伤口上的旧皮　鹩哥
与画眉共舞　黄色的羽冠
灰色的羽毛　共同赞美
这抱残守缺的星团
唯有我的心在游离
模糊的瞳仁里　一束
来自世界尽头的柔光

魂在诗中栖

诗是最好的碎片
把语言切割
把大地分解
把灵魂测勘
没有过去没有未来
现在不过是闪念
倏忽地来　陡然地去
留下蓦然的星星点点
时空的粉末　日常的清单
斑斓的马赛克　贝石的哀叹
我来过　这尚未讲过的故事
那不经意的一瞥　用碎小的黑
填补白的空隙　乘着蜕变的夜
我跨过蝼蚁腐朽的土垤

在炮火轰鸣中吹起唢呐
拍拍圆睁褐色眼睛的
母蝇的翅膀　迎着蜂族匆匆的
繁忙　焦灼烧热的红光中
日趋干涸的焦躁
天花板上窈窕的烛影
夜在晨光中燃烧　黑又小的
碎片　汇入白又大的寂寥
死亡踏着晨霜垂顾
碎屑复归一
魂在诗中栖

这实在的真实

阳光从四面斜射
投下无数轻飘的倩影
连同渗透空气中的
着实存在的生命
在太阳升起的早晨
我在柔和的饱满的光中
感受内在的宁静
水面上一丝涟漪
花丛中一缕馨香
清澈水底钻出一对幼鸭
和着我对物之物性的追觅
阒寂缠绕着　萦思盘旋着
梦幻中的想象随烟云消散
因为阳光明烈

它照耀着的是梦的尽头
是夜的废墟秘密仓皇地
从那里逃离　欲望放纵地
在那里挺立　命运放射出
恢宏的晨曦　我挥汗如雨
轻抚那一兜残壁
这实在的真实
倏尔逝入荷花倒影中
无以捕捉的灵犀

我依然与你相拥

我从不怀疑无云的天
会降下大雨　更不怀疑
密布的云会扬长而去
不留一点阴郁的痕迹
尽管风拼命地吹　撼动无辜的
大地　我就在你觊觎的脚下
等待你的淋漓　渴望你的冲洗
我从不怀疑　你弥天的谎言
鹰隼的猛喙　和鳄鱼的泪滴
春日的沉沙　和夏日的雨季
谁在说话　谁来评理
说什么夜空里有璀璨的星月
说什么大海边有羞涩的浪迹
说什么我是你的唯一

说什么你让泥水荡涤
说什么让我拥你入怀
说什么你心脆弱悔极
我相信月色永远温柔
暗夜里却阴霾诡谲离奇
我相信梦里有天明日朗
醒来却见荒城尘霾折戟
我从不后悔　我从不怀疑
我信念从初　我心属唯一
我爱小溪的沦涟潺湲
我更爱夜的阒然静寂
我爱天地日月的永恒
我更爱梦里宇宙的残疾
我依然与你相拥
不离不弃　纵然你……

镜中的面容

忠实的小道　一丝不苟
把他带到无忧的树林
蒙蒙细雨　吮吸轻飘的灰
她来了　淋湿的黑发
闪着一头泪光
憔悴的脸　在阴郁中
显示如水般清澈的笑
却难以遮掩宇宙沉沦的倦容
她捋一把长发　披在灼烧的
已不甚光滑的肩胛
莫名的激动舒展开来
用过长的睫毛遮住了
干涩的眼球　幽暗又光明
在这愁惨的夜晚

情郎不在她心头

衰瘪的乳房　焦灼的命运

被践踏过的身体

梳妆台上争放异彩的世界

全都汇集在没有纽扣的睡衣里

酒和面包　深夜里抬出的

一具具死尸　小贩在叫卖

孤独和懊恼　匆匆地走过

五星级酒店的大厅

在七十二层　一个花环

自腰间落下　裸露的是痛苦和伤痕

褪了色的山水画　凸凹不平

内心深处陌生的波动

无言和悲愤　就在趋于成圣的时候

重拾远方已经毁灭的

镜中的似乎已经衰枯的面容

色彩缤纷的森林

在色彩缤纷的森林里
他　一只秃鸟　借来了羽毛
橄榄树的叶子　和几朵嫣红
插在自己多毛的身上
宁芙和淫荡的森林之神
宙斯和那几个与他乱伦的女神
古希腊的完美　罗马人拙劣的仿制
造就了他的装腔作势
多少年了　他始终从事
实际并未从事的事业
捐客　搬运　文明的垃圾
被他不分青红皂白地
装进了集装箱　那些赶出来的文字
那些跟风的作品　还有那些偷来的

世代挪用的思想　成了量化的标准
也是他通往金钱地位的阶梯
养成了那不容置疑的口气
那颐指气使的作风
即使他面对名画
分不清色彩和线条
音乐会上　戴一副降噪的耳机
换个场合　他同样会阔论高谈
一连串的名字　还有目录和标题
一堆堆贩来的赝品　头衔和面具
坑害了一个又一个自由的心灵
谎言震荡她们纯洁的心
学位猥亵她们真挚的情
而一旦遗忘和忧郁
构成了风景　太阳下落了
穿过黄昏　黑暗来临
那些被欲望之风掀开的孤独的书
就变了一副面孔　骨骼严峻的脸
还有厚厚的不见真神的镜片
口吃的嘴吐出了象牙
弟子们憔悴干涸

他却饕餮着暴发户的盛宴
多么可怕的喜悦
多么难以遏制的毒瘤
月桂　棕榈　赞美矮树丛中宁芙的单乳
瞬间的得意忘形
烈火　醇酒　泡沫　靡菲斯特菲里斯
无知酿成了悲剧　野心铸成了粗俗
名利构成了罪恶　乞丐的虱子
那正是风尚喂养的佼者
浅薄　庸俗　猥琐　这也正是
学术投机者们的脸型
还有浑身臭不可闻的羊臊气

昨夜里星的缠绵

阳光温暖着如春的后背
斜月装饰着半空的浅蓝
湖面深邃　鱼儿怅惋　云孤天淡
我蜷缩在日月辉光间
回望着昨夜里星的缠绵
隐藏的诗于噪声中浮现
悦耳的歌响彻初秋时
略显褐色的田园
喜鹊掀动渐疏的树影
天鹅展翅　不见了往日的曲颈
顺着翱翔的阳光
滑过碧波的平静
眼前虽没有松鼠的速度
却也有懒散的安宁　我目不转睛

望着天鹅的路　在手机的视阈外
她尽享众目注视下的自由
轻拍矫健的翅膀
在天地间击打慢来的风
我依旧走着不分岔的小路
曲折蜿蜒
却无限深远

归来兮

雨急来　湿了车窗
横流的泪　又见脑中波澜
卷走昨日的疲乏
心头却依旧泛起
点点跳荡的浪花
忆半城湖色湿荷柳
念堂内四座莺莺语惊春
三日虽短情满意亦绵
归来兮　吾自独赏窗外
抛轻石问雨随风去
何时再掀涟漪得相聚

我听见潺潺的水声

一边是湖海江河
一边是名山奇峰
我卧中庭　左右不相逢
哥特式黑暗把我挤压
缠绕　榨干　而若拾得湖面上
一丝涟漪　又恐水深不见底
若采名山一朵花　又恐脚空
跌断崖　瞬间假设的永恒
利与名　我追逐的梦
镜中身影　一块干燥的海绵
吸尽了晚来的湿
黑夜令人震撼地来了
蜷缩的身体舒展凉爽的风
吹走了月亮的迷蒙

骨盆凹处　饕餮四月的柳花
一道光亮　从无遮掩的腰部闪过
风起了　牡丹花开了　鼓胀的帆
送来海上的女神
我听见潺潺的水声
低沉的自己的呼声
血液在深陷的胸膛里沸腾
900度的镜片　还有华贵的花翎
骨骼突起的陡峭的脸
一丝悚立的横亘脑际的
全球化的毛发　顶着处女的黎明
终于穿过未经触动的暗影
白了　焦了　落了　到了尽头

醒来并非那么残酷

醒来并非那么残酷
除非你从未曾入睡
白日梦的幽深
躲开了苍白的月光
在没有星光的回忆里
在太阳底下
给死亡的挥霍者
带来被嘲弄的辉煌
遮掩着耻辱的笑
吞吞吐吐的尴尬
推着妓女的脚缓缓走来
脆弱的裸露
瞬间化作灰烬
绵延许久的清泉

从瓮底散发出香气
亵渎或者阉割了
悬浮在空气中的面孔
昨日的伤痛撕咬着痊愈的伤口
今日的空乏填充着淡淡的忧伤
灵魂深处一首老旧的悲歌
在气候变换的缝隙中
找到了失去的空洞的无意义的词语
诗的感动
不灭的淡蓝的灯

扫 码

有了门　可以出去
有了窗　不必出去
若门关了　能走窗否
若窗也关了　还有路否
二维码代替了门窗
扫码　扫码　扫码　扫码
有二维码　不必有门窗
无二维码　情同无门窗
曾几何时　无窗无门
却也春风杨柳尽舜尧
而今有窗有门　却未想到
竟也有六亿神州无码扫
看老翁千里蹒跚
风餐露宿

见老妪有车有门

竟被驱逐　数码时代

人皆翻墙越货

红尘嚣嚣

门内窗下摊好

阴 天

阴天　天很低
好在没有重重压来的厚
瞬间的感觉　瞬间的轮廓
还有瞬间的生成和消闲
在这被阐释的阐释中
我们或许留下了
供洪水冲刷的空气
一阵波涛奏起大海的靡靡之音
海鸥诚挚的高翔
打破了海面虚伪的安静
一只渔船孤独地守在海湾
空空的网喘息着
和着重重压来的鱼的呼唤
我们　这些食肉的动物

却非要吃草　我们

这些习惯于光明的生命

却非要　乞求夜的黑暗

我们　这些本来在风中摇摆的虫类

却非要聆听鸟的啼啭

重复　不断的重复

呼唤　接连的呼唤

用渺小的　无所能的

冗赘的文字

叙说那心的旷达

歌唱那林的蕴涵

赞颂那海的深远　最终

我们的表达迷惘了

在通往白昼的路上

人成了非人

脸成了非脸

尽管还没有到极限

风的无语

这天的炎热
水的寂寞
还有这简单的思想
和孤独的沉默
风扬起头
理也不理地走了
它口中的气息
抑郁而弥浊
吹落病态的野花
燃亮白色的烛火
书写着流浪的诗魂
残破的壁炉　噼啪噼啪作响
洞穴里永恒的昏暗
啜饮着山顶上的阳光

跌倒了的希冀又爬起来

奥秘就在尽头

紫罗兰歌唱的地方

颤抖的杯子　闪光的奢侈

枯萎的花

诗逃出我的胸膛

没留下印迹　可烦恼

却打动欢欣的嘴唇

会同那呢喃的细语

让风的无语

抖出它空洞的音

雨后的清爽

雨云　淤积了三天三夜
终于在烦躁的闷热中
把心中的郁结打开
先是一阵痛哭　狂暴的泪
湍急地流　浇打着干涸的地
接着是痛定思痛的抽泣
细细的涓流　顺着脸上的
沟渠淌下　滴滴有声
诉说着陈年的往事
有怨　有悔　也有理不清的
难以言喻的无以二元划分的话题
间歇的汩汩声　并未在耳边响起
而落在心窝里　溅起那些
未曾及时清洗的污浊　清洗

那些内壁愈来愈厚的纤细的管道
通透了　鸟儿抖抖身上的露珠
落在花蕊上　啊　这雨后的清爽
还有艳阳　请不要走得太急

只为了远离

难道在你的词汇中
就只有数字和悬空
江水淘尽的泥沙
河底淤积的污泥
裹挟着撕心的嚎叫
两岸猿鸣鸟啼
玉宇琼瑶
还有祖先的故事
已化作淡淡的忧伤和寂寥
谁还在化
谁还在后
谁还在跳
一缕细丝横亘飘飘然的秃脑袋
灌满了江河的水

没了管道
只好忽从左　忽从右
在半空飘摇
随风来　随风去
只为了远离
不见了脚

那是你的血脉

你抬起头
看看这红色的印记
那是你的血脉
生命的诗篇
在晚霞曾经飘落的地方

你挺起胸
面对这红色的印记
那是你的血脉
豪迈的歌声
在太阳曾经升起的地方

你睁开眼
顺着这红色的印记

那是你的血脉
真理的路
在无人曾经走过的地方

来吧　那堆堆白骨
无从分辨的腐肉
在丑的魂灵里
在恶的痴迷中
一张张浑浑噩噩的脸

珀耳塞福涅

昨天　她离开了
因为水仙花的美
因为任性的采撷
黑暗掠走了光明
母亲的悲伤和绝望
万物的荒芜和死亡
就连敏捷的赫耳墨斯
终未阻止爱美的冥王
今天　她回来了
珀耳塞福涅
带着德墨忒耳的神力
生命覆盖着大地
明天……　明天……
石榴树下的芙蕾雅啊

你的泪化作琥珀金沙
在你走遍世界的日夜
在你洒满阳光的春夏

终于它来了

终于　它来了
萌萌的脑袋
钻出爸爸的腋下
黑黑的身体
衬缀着一点暗暗的灰
四周响起啪啪的快门
和着游人久久巴望的
毫无内容的悠悠的啧啧声
妈妈的翅膀轻轻地拍击着水面
溅起朵朵跳荡的泪花
爸爸扬起了一颗高高的头
亮出一抹淡淡的红
透出一丝浓浓的爱意和甜蜜
却也在先行的踽踽游动中

觉察到岸边一束束枯涸的蒲草
脚下沉沉落下的河藻
还有一片片红黄的叶子
洒满了宽宽的河道
那不是给鹅仔铺就的绵绵的床
也不是永恒的黑黑的孤傲
一颗颗蔫蔫地垂下头的蒿草
和褪了毛的狗狗
频频地向可爱的鹅仔颔首
约定在暖暖的春天里再见
我心中掀起那份酸酸的苦楚
为弱小生命唤起的隐隐的心痛
也随着鹅仔轻轻的摆动消失了
别了　萧萧的冷秋来了
瑟瑟的冷冻

只在风中

只在风中
我求得安静
唰唰下落的花瓣
替代了耳鸣
颤抖的枝条
书写着梦的惊醒
你　透过谁的光
来照亮我的黑暗
你　用谁的语言
来描绘我的心情
风停了
世界没了　安静

我独爱莲的静卧

在晚冬的黄昏
我祈盼春的来临
又担心她的短暂
会留下泪雨涟涟
不是一天　两天
而只瞬间　她来了
不留痕迹　却要留下遗憾
让我背负爱的游丝
和美的牵连
操场上春水溶溶
唯不见儿郎挥汗
古人恋春　惜春　叹春
我独爱秋的深沉

在盛夏的黄昏

我祈盼秋的降临

又担心她的蔚蓝

会遮蔽光明片片

不是一夜　两夜

而只瞬间　只一闪

便全然不见

留下的唯有残片

让我背负爱的锁链

和心的牵连

夜空里浮云缓缓

唯不见星月缠绵

古人惜荷　赏荷　叹荷

我独爱莲的静卧

云在心房

云在心房
化鸿雁眺望
见宇宙旷远苍茫
听风中书声琅琅
闻丛中桃李芬芳
感天涯冥心孤诣
泪打衣裳梦夜长
润雨滴满江
古人抚琴诉哀怨
儿女情怀空怅惘
吾今伏案唱五洲
隔窗寄语路犹远
雨课仍未央

心的意念

云并未让人
感觉到风和雨
天却让人看到
逼近的低矮
那遥远的生命
在转瞬即逝的刹那
寂然冷静　肃然可哀
心的意念　自在之物
流连不舍　诗的画意
散文中缀满了留白
孤独的物　面对不朽的宇宙
寂寞的爱　拥抱模糊的色彩
群山质感的逼真
取代了数量的堆积

江河灵性的率真

置换了做作的独白

雨花之中　我笑容可掬

雷电之间　我自如去来

这多事之春　这类的存在

大地重又敞开了胸怀

深情地用艺术

用自然应对

无数飘摇的尘埃

月光空留一丝情怀

月光湛蓝　白云朵朵
要不是一汪恬静的湖水
还有一棵聪明的葡萄树
我真不知道是否还能记住
那是一个娇羞的夜晚
头顶着夏空柔媚
云来云往　有一朵
从我面前掠过
脚步轻盈　却也迅疾爽朗
我来不及端详
她已经拂袖掩面
甚是匆忙　甚是无礼
不容我寒暄示意
就飘飘然不知去了哪里

自那日起
无数片云　像叶子
像柔风　像甘雨
悄悄地来　悄悄地走
日子也随着悄悄地流
忽一日　我抬头仰望
只见碧蓝　不见云白
一切都被成功地遗忘
月光空留一丝情怀

客自影中来

园子里报春迎春的黄
玉兰的白　杏花的红
桃花的粉　还有花瓣落下后
新芽的绿　孤傲清冷
枉自热闹　唯赏花踏青者
无踪影　无面谋
偶尔　客自影中来
不见眼耳鼻舌
离隔　脚步匆匆去
一阵阵香飘来　无痕
奈何燕过无翎落
喜鹊空对歌

真实莫过于物性

伊西斯的面纱

揭开了

便见过去　未来　现在

摩西揭开了

创建了唯一神独尊的信仰

康德揭开了

看见了世间唯一的物的崇高

席勒揭开了

未发现所追求的真理的恒定

却领悟到语言的无言

诺瓦利斯揭开了

梦醒时怀中拥入了爱

另一次未梦

却唯见自己的面孔

人啊　人
你的清醒
你的聪明
你的美梦
你的理性
在虚境中
依然偏执于恐惧　激情
痴迷于偏见　幻影
现实　非现实
人性　非人性
真实莫过于物性

风在途中

一阵风

把家乡的味道吹来

诗的想象力

黑土地的矜持

渺小的　孱弱的

孤独的　身影

那是父兄　姐妹　母亲

在被风吹折的树下

面朝一撮褐色

灵魂的归宿

模糊的云的感觉

远山不见树

蓝色的天黄色的天

荒芜的断桥边

画面上凝聚的一丝丝印象

是童年　是光土

是昨天湿润的草地

风在途中

欲坠的枝条

勾画考究的远眺

把物的色调

胡乱地弹拨成

废墟的形色的强音

我　在绿色中徜徉

在城市的生态花园里

在浪漫的湖边

静悟刚刚旋舞的一阵风

深秋的性格

我喜欢深秋的黄
更喜欢那黄的晶莹
银杏　枫香　垂柳
仿佛纯情少女的心扉
我喜欢深秋的红
更喜欢那红的绮霓
枫叶　山桃　地锦
仿佛大地诗人的词语
深秋的色彩
红如火　黄如金　绿如玉
深秋的性格
凉如霜　冷如月　明如镜
一片红叶　轻轻落在
淡黄浅绿的草地上

遮盖着已经封口的蚁穴
鱼儿懒洋洋地离开了水面
潜入深沉的河底
黄昏归来的鸦
在树顶上打旋
挑选着过夜的巢
沉沉睡去的松鼠
清晨醒来　在金黄色的床边
拾起夜里霜露击落的松塔
腮边拂动着冷峻的惬意
深秋的红黄绛紫
尚未领略冬雪的严峻
我惊诧这绚炫的美
更忧患她孱弱的生息
我不求美的瞬间永驻
但求改变四季的更替

重与轻

我喜欢梦　彩色的梦
那里有　初春的绿
晚霞的红　还有空间的无垠
和时间的无痕
在梦的空间里
实体演变　显一幅影像
红与绿　无框的模糊的涂抹
浑浊　像湖面上浮着的烟雾
或风中飘起的重
昨日的朝阳　明日的暮霭
在没有历史的瞬间中
绘一道风景　绿与红
斑斓的立体的维度
无序　像废墟里残留的圆柱

或峰顶悬浮的轻

对立的中和

无限的有限

在没有整体的碎片中

在无引力的宇宙中

幻一片奇境

绿与红

轻与重

托起心的宁静

依然颠沛遥远

我不喜欢深夜的朦胧
模糊中　无器官的面孔
在林中　黝黑连珠的泪
汇成了落魄流浪的魂
在岸边　微弱摇曳的火
映衬着孤独无助的云
暮春里　忙乱怅惘的绿
涂遍了苍苍茫茫的山
呼啸的风　你没能留住
花季多彩绚烂的容颜
在叶的季节
莫流连　路不平
依然颠沛遥远

巢 房

透过枯枝
看到天空的清凉
风把枯叶扫尽
把秃枝摇晃
却撼不动鸟筑的巢房
它每日沐浴着朝阳
醉饮晚霞的熹光
却也经过雨雪风霜
春天来了
夏日也随着到了
枯枝开满了花
花落了
生出茂密的叶
只见喜鹊飞来飞去

却隐藏了
那坚不可摧的巢房

黄昏独愁

去岁今晨
我想起明年
好比园内晚秋的天鹅
孵出丑鸭
初春复再孵
或那醒来复睡去的梦
永不陌生的梦境和面孔
那山　那水　那几片睡莲
我曾亲见她枯败雪中
如今又伴着水底的蓝
挺出水面
借金鱼的眼
睥睨岁月的变迁
等待落日升起

或星月复现

湖边的野花　开了又谢

倒垂的柳枝　黄了又绿

而自己却要在四月

岁中最残酷的月份

再复醒来

睡去的梦翘首远眺

黄昏独愁　落花流水

空山悠悠　有道是

莫乘清风飘日月

光影迁移岁难留

来时不觉寸阴短

秋雁复归泪已稠

静

鸟在风中飞　累了
却没有大树
只好接着飞
翅膀断了　就落下来
以爪行　爪也累了
就停了　风不再来
雨已停
树还是没有长大
叶却黄了　枯萎了
鸟睁开眼　望着云
静观渚边水的清
又闭上眼
云的梦
日丽风轻
无语声

你 我 她

你 我 她
在暮色中
走上河边的路
晚秋的知了
和着脑中永恒的蝉鸣
相遇　在异乡的土地
脚下湍急的步履
勾画了夜的轮廓
你 我 她
聆听水的静
无所觅　只为高远的星
游离于银河
缓缓地流向游客的寓所
凭借奢靡的晚风

我们赏工部的诗
读伯敬的文
捧着天穹游来的清水
窈然深碧　凄婉潆洄
不见竹柏苍然
不见水木清华
唯有跨溪的桥　直通社区
连接灯火万家
不见缚柴编竹
不见深幽曲径
皆因今溪非彼
浣花非道上人识
假日客　你　我　她
聚散修缘　不倚高德
无以谈还家

男儿的泪

男儿的　不轻弹的泪
风还在吹
揉进眼里的雪花
融化了　或许留驻了
不可见的空气
泪也无奈　随它去吧
在旷野里　狂野的风
还有性感的枯枝
烟花买了　衣襟湿了
灯笼挂了　谜语破了
伴随我的那些空旷
还有经验中的拥塞
室内柔弱的水仙花
沁润我的孤独

只因我那颗凝望的心
已化作漫游的云

长夜有心

困惑　茫然
我坐在角落里
无神的目光投向暗黑一点
它动着　似乎漫无目的
一样的困惑　一样的茫然
只因那路上
坑坑坎坎道不平
举步砂石阻拦
一只蚂蚁　一个黑点
草地上编织的梦
泪花滴下来
洒向滚烫的天
洗净了砂石
填平坑坎

一片叶上　蚂蚱闭上眼

天色渐暗

一只萤火虫飞来

眼中悲戚流离的泪　点燃

夜深了　黑点深隐于静寂

梦中　蚂蚁吹起了长笛

击落了叶上的点点滴滴

长夜有心　笛声悠长悲戚

从露珠上升起

踏一缕青丝

飞向晨曦

化入神秘

词语抛弃了意义

苦水浸入心底
星却闪着启明的光
语言麻木了
精神萎靡了
除了问号
还有什么自由的死
死的自由
在无言的沉默中
词语抛弃了意义
挟着自身的存在
步入白色的记忆

问　题

今晨　我于梦中思考了
在醒的时候连想都不敢想的
一些问题
为什么有人生得卑贱
却死得非常光荣
为什么有人生得富有
却活得非常贫穷
为什么有人生得渺小
却死得非常伟大
为什么有人面如桃花
却非常心狠手辣……
小时候　问题有十万个
每个都有正确解答
长大了　问题有千百个

翻书阅卷问问百家

人老了　问题没有几个

却无论如何没办法

看着那柳绿花红

蜂萤翻飞　酒香万家

终不见灯火阑珊

魂断路迷泪问花

黑天鹅

黑天鹅　静静地笃守着腋下的
尚不知是否来临的生命
日日夜夜　黑火烧焦了残月的脸
星的直勾勾的眼搜寻附近的蒲丛
草叶片片　遮挡南来北去的风
君不知晨雾迷蒙　夜晚凄清
风和雨　阴与晴
烈日灼　寒霜冷
记忆中的一个个碎片
在春之际　夏之临
依旧那么透明　那么清晰
清晨　只带来些微的温馨

水的安静

春夏之交花朵的纷争
印象的舒展　色彩的绚烂
模糊了明暗的界限
赋予光影以物的生命
足够柔和　足够光鲜
树欲静而风不止
田野溪流　嫩树
林中精灵劲爆舞动的魔影
痴狂　粗放　性感
古典的裸露　现代的遮掩
浮云落入湖心
讲给鱼儿天上的故事
从晨光的开启
到日落的炫红

从乌云的滚落
到暴风雨前的电闪雷鸣
那般骄躁　那股激情
天帝的猥琐　女神的暗斗
介入人间的凡俗
参与宇宙的战争
呵　无畏的英雄
鱼儿眨眨眼　摆摆尾
甩开左右倾斜的聒噪
不理不睬地穿过浮云
稚气而无名　继续享受
轻轻流动的水的安静

夜的永恒的缠绵

夜　我爱你
所以我并不企盼黎明的到来
虽然我希望清晨的水露
快些让小草儿抬起头
也渴望初升的阳光　依旧
留下角落里的暗影
让熬过夜里寒霜的
瓢虫绿虫红虫毛毛虫快些苏醒
爬出去享受无色的澄明
可是呵　既然我赞美永恒的安眠
赞美永恒的长夜漫漫
就不该企盼白昼舒缓的温暖
那些懒洋洋的心灵
凋谢的花朵　条条看不见影子的跑道

还有晨光熹微的人行路上
被晨练脚步踩得窸窣的蜗牛
昏暗　日落后的暮霭
幽冥的夜　只有当光去了别处
在无明的遥远的星球
构筑罪孽的巢窠
夜才能在我心中开启门扉
透过最模糊的繁星
看到无须光亮即可望穿的心灵
那是黑夜的迷人的太阳
那是爱不被永远燃烧的时光
也是寂静的统治无尽的延续
让我躲过喧嚣的凡间的势力
从俗事的妨害中绝妙地走开
倘若我醒来　晨就会回返
俗世的庸人　繁杂的琐事
自恋的专家　不懂装懂的学者
自然找上门来
驱赶已被限量的睡眠
把献身于夜的永恒慰藉践踏
直到白昼的火灰飞烟灭

我再次回到夜的真实的朦胧

为了不看见　也为了不被看见

只有傻子才能错识的脸面

还有眼中燃烧的亘古的火焰

夜呵　你怀着悲悯

投向我在黑暗中看不见的身影

历史正在那里展开

葡萄园里酿着滚滚流淌的罂粟汁

沉寂的使者拿走了不太巨大的钥匙

留下的是夜的永恒的缠绵

风起的时候

风起的时候
我还没有醒来
天还在睡　地也在睡
从天与地的缝隙间
跑来了风神
蓝色挥舞着巨浪
红色　我在梦中看到惊慌
呆滞　无助的脸庞
一串串黑黝黝的枝条
被夜风蚀刻的面孔
他从绞刑架上下来
血肉模糊　预警取消了
沟壑　在大山之间蔓延
永在的方格斯

在大雨滂沱的夜晚
穿行于侏儒和浣熊
猩猩和豺狼之间
母亲的脸　巫婆的脸
谁来分辨　谁来检验
被大雾笼罩的暗影
竟自没有离去
只是随风舞动
改变了方向
它所遮蔽的物
也迅即换了一副容颜

阳光洒在草叶上

阳光洒在草叶上
草叶枯萎了
用干瘪的手接住
再传给茎和根
更寄望于春天的风和雨
还有那片从未令它失望的
孤独但却沉浸于繁华之梦的沃土
喜鹊飞来　衔着一个个枝条
在树梢上筑起了巢
就像燕子　啄一口口泥
在屋檐下垒起了窝
它们与小草终生相伴
只是偶尔才拾片落叶
在窝巢里温暖着幼小的燕雀

乌鸦不辞辛苦　朝六晚五
在都市的最顶端
度过冷冬的寒夜
以强悍的集群
卓越的智力
对付世上的劲敌
给人类的柏油路
画上白色的斑迹
只是那声声嘶鸣
仍未把迷蒙忧戚的梦唤醒

一缕炊烟

我从大海中来

所以我不知道海有多宽

我从外空间来

所以我不知道天有多蓝

但我永远忘不掉黑暗

因为永远无法避免的就是夜晚

夏天的夜　我期盼凉爽

冬天的夜　我期盼温暖

唯有春秋的夜

总是给我带来无尽的稀罕

清籁的静寂让我缠绵

宇宙的风骨在我体内流转

唯一让我徘徊不去的

就是遥远　遥远

你在水域空旷的那边

遥远　你勾画出黎明的微暗

你在我来过的白山之巅

你在彩虹之外一闪一闪

望山顶风卷起轻雪袅袅

听细雨中琴韵缭绕飘然

至今我仍无法释怀的

还是潆洄在冬凌故土的

那一缕炊烟

我何以丢

一位年轻有为的诗人说她丢了孩子
我这才想起我的也丢了　不止一个
他们的出生　一岁两岁三岁
他们的托儿所　幼儿园
小学　初中　高中
那些有他们陪伴的日夜
那些顽皮　那些撒泼
那些饥饿时的小吃
那些换季时的感冒　当然还有
外国来的乐高　家长会上的讥嘲
他们的大学和研究生时代
不　这后来的不是我丢的
因为我从未曾介入
因为那时我连自己也丢了

我丢掉了幼年的稚气

童年的天真　少年的好奇

还有青年的浪漫

丢掉了大学里求知的欲望

工作中奋进的动力　还有

生活中很多很多的繁复

它们被深埋在烈日下的焦土里

在悬崖峭壁的风化的边缘

它们进入我意识的潜层

却从未被写入我的故事

它们与诗相距不远

却又不在诗的字里行间

它们就这么丢了　我好心痛

我不曾像那位诗人那样

丢过雨伞　亲笔画　合同　毕业证

还有事业　可我丢失的是

更为宝贵的　却又是廉价的

那是我童年时遨游的海洋

是我无知时探索的太空

也是我苦闷时寻求的慰藉

它不是山泉空谷的清幽

却弥散着太阳和柴火的味道
它不是茫然悠流的远方
却投射出光年散逸的碎影
它不是政客挂在口头的语禅
却激荡着我体内滚烫的鲜血
浇筑家国悲凉而亢奋的泥土
代价太沉重了　我何以丢
我的孩子　我的童年　我的讲堂
我何以丢　我的快乐　我的悲伤
我的彷徨　我何以丢
那伴随滚滚风尘的梦
我何以丢　那缱绻缠绵的柔肠
我何以丢　身后留下的
一道道幽谷和怅惘
我何以丢　我何以丢
我　何以丢

月归圆

乡土路上
时间留下了车辙串串
柏油路上却不见脚印连连
时间也就毫无任何保留地
去而复还　在踏下去的每一步
和抬起来的每一脚之间
在落下的每一颗泪
和心的每一次颤抖之间
在每一杯庆功的红酒
和每一口难咽的苦酒之间
时间留下了风一样的印象
拂面掠过　涂上宇宙的色彩
刻下大地的裂纹
还有青春与年迈的交响曲

穿过葱茏的厚度

激荡着岁月的桑田

创伤裸露　苍茫辽远

待等到星回天　岁归零

霜染万木　白海潮退

月归圆　歌满贯琴弦

窖一坛醇丰老酒

香洒人间

更趁着空明月色

醉舞人间

昨夜风吹昨夜听

枯竭的思想还要维持多久
鲜靓的口号还要喊得多高
多年的积累顷刻沦为废墟
狂野的风沙瞬间云飞雨消
野外虚静漫漫待人来
书内清冷朗朗无人俏
叹机工理器人老机锈无用处
悲诗文哲史耄耋方知珠玑少
呜呼　撕心裂肺　骁勇征战
五十沉浮文场多少雨雪风霜月
呜呼　嘘声沙哑　旷远无垠
七十魂破黄沙无数嘶鸣赞梨花
山水空留　吾欲挽青山绿野
风光依旧　吾独赏落日余霞

君不见壮硕身躯浮游去

吾欲远足造化朝暮尽逍遥

呜呼

满腹经纶旷日弥久谈于天地间

唯吾清风两袖　晨光浇筑　葱茏清芬

源光散发又何以不鹰击长空

八方漫流然枯竭凝滞

纷乱　干萎　思维不变

虽有云儿飘　鸟儿唱　泉水流

怎奈红尘嚣嚣黄叶飘零

怎不心儿焦　更何况

昨夜风吹昨夜听　今日雨滂沱

又怎能做得昨日梦

我为什么喜欢晚霞的哀婉

我为什么喜欢晚霞的哀婉
莫非我已经落日西沉
我为什么爱怜天空中红云一抹
莫非我重又步入边界的黎明
我在西方的欲火中寂灭
我在东方的欲火中升起
冬日里路边挺拔的白杨树
晚风吹来从梢顶落下的鸦鸣
我心中惦记稚脯被冻在冰面的小鹅
寒风料峭　母亲的翅膀能否把冰融化
父亲的庇护能否驱走人类漠然的凝注
冰下时时发出的裂动
隆隆声震响我心中的默念
秋末刚刚放入湖底的金鱼

黄红紫白是否已在冰层下入睡
身边的莲根蓬叶
也在幻想着七月的灿烂
八月的嫣红
在九月一个霞光映照的水面
默默目送着南去的飞雁
看那振奋有力的翅膀
头也不回　去了又来
似乎要用南方的暖风
融化北方的白雪皑皑
候鸟离去　耳中留下一曲风之信
铿锵的琴音伴随我矫健的步履
把我带入晚霞与黎明的边界
期待落日与晨曦之间
冰下的寒冷与冰外的和煦之间
隔离消去　气紫雾细
铺展开日光无际
我灵魂中飘零的黄叶
重又在沉寂清绝的深渊里
把久已沉醉虚弥的奢望拾起

寻寻觅觅的心境

数年前一只画眉从窗口逃生
数年后我依旧揣测她的行踪
犹如梭罗追问行人犬的下落
我亦听见云空里那鸟的呼声
更有卡图卢斯失雀后的碑铭
唉　烈日的炙烤　严冬的寒冷
不像操场边聚集一堂的老翁
不像暮色中浮迹于水的蜻蜓
她孑然一身　哀婉无助
怎敌得夜晚的寒露霜风
怎受得烟雨风尘的喧嚣
和疲倦不堪的凄冷
我只晓得这世事纷乱
帝国更替　王朝兴衰　世道凄清

怎容得这柔弱寂寥的小小游灵
丰盈浓郁的森林　更容不下
香火寥落亡灵郁闷的一座坟茔
周围簇簇颓废荒乱的野草
时而发出低沉的悲鸣
把仅存的一丝美善和温柔
用白头翁浅透的薄纱覆盖
她残存的梨花的梦
那逃出樊笼的自由
那银色金属的月色朗朗的夜
黑暗从月光中洒出
你是否裹挟着它的迷蒙
黎明从黑暗里走来
你是否迎着它晃动纤指
抚琴高诵　心灵融化
愿落英托起你那迷失的
细雨中飘摇的倩影
打碎我这寻寻觅觅的心境

我天生一副灵耳

我天生一副灵耳
听风　风从无处来
听雨　雨从风中生
听星　星在云后眨眼
听云　云在雨后飘零
听繁花似锦　舞步轻移
铺就了月光清晖一片
在城市喧闹的边际
有柔白的青杨的轮廓
托起风吹起的烟尘
尽享西陲滚滚而来的吻
那年　最后的雁去了
随夜风漂泊　不再回来
迷茫覆盖着我清晨醒来的梦

破碎的思慕　无奈的咏叹
薄雾中我迷失了
蚊蝇的絮语和蜜蜂的变调
吹入耳中的儿时的彷徨
我听月色朦胧的琴音
我听溪水娴雅的呻吟
一只蜻蜓落在风吹摇曳的草叶上
晃荡的韵调击打着碧波粼粼的水面
涟漪挟着万类生息的呼喊
从我耳边呼啸而过
不再陪伴这孤寂的长夜

立冬的早晨

立冬的早晨
清洁的扫帚刚过
身后就铺满了一层
黄的 红的 绛紫的
也有树上的绿
和水中的蓝
大地的尽染层峦
告别寒秋的冷
沐浴冬日的暖
风来过了
夜里还会再来
告诉刚刚入睡的昆虫们
饱饱地睡上一觉
春天就来了

至于我
只是拍掉屁股上的尘土
离开坐久了的椅子
准备拥抱冬的雪原

那夜的气味

你离死亡很近
却让人觉得生命刚刚开始
那夜的气味　那田野
那汽笛的鸣
有人从这里启程
有人在这里止步
生命　就像走路
有人急　有人慢
有人跑　道路和天空
明亮空旷
我一路睡来
昏沉沉听不见风
看不见雨
就这样平白地去

淡蓝色　心的色彩
咖啡热起来
牛奶黑了
静悄悄的灯火
角落里一把椅子
紧束的腰
她摇摇头　一切过往
院子里的一棵梧桐树
泥土湿润的味道

我欲欢乐此刻

深夜的云端里

月儿哭了　星儿碎了

一声声飘荡的鸦鸣

一阵阵刺耳的喧哗

一团团枯干的枝叶

一个个思念的家

身体蜷缩着

在隔离的一角

哭泣　不是为生存苦笑

不是为名誉和尊严

留下来　还是卷起铺盖

智力不够　还是情商太低

心底血泣　不忍人被人欺

希望　不需要太大

生命　只是一次契机
一杯杯无糖的咖啡
一壶壶北方的冰啤
一条条无望的小路
一滴滴失落的泪
灵魂孤寂着
在世界的一隅
坚持　不是为生息
苦闷　不是为天远与和离
路漫长　行进还是折回
生命是苦　我欲欢乐此刻
阳光灼热　脚下风冷冰厉

一只会说警句的乌鸦

呵　蕾诺和安德玛刻
一只会说警句的乌鸦
一只逃出樊笼的天鹅
她走后　派来了远古的邪恶
她留下　遗忘了英雄的赞歌
幢幢鬼影　毫不妥协的拒绝
郁郁明镜　不断加宽的泪河
那悲伤凄凉阴沉沉的哀恸
那绝无可能的希望的悲歌
那思念的池水的盈盈绿意
那不久即来的城市的蹉跎
呵　蕾诺和安德玛刻
一只会说警句的乌鸦
一只逃出樊笼的天鹅

你以死的永恒换取生的瞬间
你以死的荣光换取生的卑贱
你用阴沉的聒噪把希望
变成永生的哀歌
你把彳亍的泥泞
变成我精神漂泊的长河
呵　蕾诺和安德玛刻
一只会说警句的乌鸦
一只逃出樊笼的天鹅

凡有黑胆汁的地方

凡有黑胆汁的地方
就有我的存在
一种高雅的病
在正午睡意正浓的时刻
胜过黑夜的沮丧
我托起沉重的身体
重力在膝盖上
无聊和拖沓的脚
年迈的老妪
穿黑衣的少女
忧思静静地躲在诗的角落里
手中一柄维纳斯的镜子
孤独　快乐　黄昏
夜的恐慌

唯独没有妩媚

没有灵光

水在深处啜泣

周围枯凋的莲藕

掩不住无尽的悲凉

残酷的艺术在镜中完善

黑色喜剧浸透黑色的毒芒

暗黑的面孔

玫瑰园的闺房

那不是一汪清纯的泉水

那是从寂静深处回返的印象

爱情离开镜面

在湖边独步

唯有那石化的变种

还在装点蓝天映衬的湖的中央

那里深埋着偶然

心的镜像顺着一条蜿蜒的湖边石路

通向诗和忧郁

希望的永光

在无人阅读的藩篱中

我不喜欢藩篱

也不喜欢藩篱的闲散

里面的鹅狗鸭鸡

虽然中规中矩

却也散漫而纷乱

散漫纷乱中

品味失衡

思想屈服于无趣

自然在例外中回赠

而骚客们　却丧失了魂灵

在无人阅读的藩篱中

个个都在创新

制造了毫无遮拦的口臭

破坏声誉的蜚语

坊间盛传的谣言
江湖骗子的邪闻
感觉的确受到了震动
却没有灵魂的触及
神经的确受到了刺激
却只有被歪曲的真理
眼前的风情万种
却看不见美的艳丽
耳边的呢喃之音
却听不到心的倾诉
我的大脑很有耐心
却也迟钝了　迷失了
我想放开喉咙高歌
发出的却是百万年的轻叹
我想文思泉涌
写出的却是句法的痉挛
那些发自鸡鸭鹅狗的
没有经过大脑的言论
没有哲学根基的伦理
没有自由意识的感觉
没有生命呼吸的身体

令人窒息　毛发战栗
于是我走上
空气中那条清新的林荫路
看到了普鲁斯特的塞维涅
和塞维涅信件中的陀思妥耶夫斯基
以及后者对人物的精心梳理
还有乔伊斯新奇的比拟
我突然感到　诸神渴了
一杯极品白兰地
或者一杯长白山冰啤
于是我又想到梵高的红黄蓝
莫奈的白色睡莲
以及爱伦·坡的一封失窃的信
一个幽灵在时间的直觉中浮现
人类的罪行
一桩桩一件件
都在那条被诅咒的路上
生活的路
无法绕过坎坷崎岖
却又不可擅离

忧郁仍在精神的浮空里飘零

湖面的清涟

忧郁的明镜

思想的行动

黑天鹅的扑棱

于是　我想起诗人那感伤的牧歌

想起在那格外沉闷的午夜

一只乌鸦敲响了我的前门

地板上隐露出幢幢的鬼影

窗帘外晃动着窸窣的人形

机灵的黑天鹅抬起了渴望的颈

红红的嘴燃起了忧郁的灯

世界在变我的乡愁毫厘未减

雕像上沉思的乌鸦凄美悲怜

逃出樊笼的黑天鹅引颈啼转

伤感的不和谐的音

打破了湖面的平静

在稠浓的氛围中

我屏住呼吸辨析出

那竟是乌鸦曾经说过的

绝不绝无可能

雨过天晴云层稀释

从渐渐透露的蓝天

飘下两只黑色的羽毛

黑天鹅还是乌鸦

可能还是绝无可能

忧郁仍在精神的浮空里飘零

在心的明镜中

你应该照照镜子
看看镜中的男人
是否是撒旦的遗腹子
你黄胆充溢　面易变形
你鼓胀的血管
似乎血汁过剩
躁病复生　不然
你怎会如此轻狂　不然
你怎会如此淫荡
你全部黑的血
恶毒如悍妇
专横如美杜莎
用这镜子　照给你一副丑陋
摧毁昔日的尊容

让施虐者的目光回视
把暴力的痛苦喷涌
在心的明镜中
苍白的真理黑且白
终于　怪物的双眼
将在镜中发出魔鬼的哭声
跌入堕落的恶的深渊
淹没在没有归路的冥河
沉入水底　坠入泥泞如铅
万劫不复的地狱的深井

水中倒影印映着希望

我能否迎来下一个轮回
在寂寥中
让心绪逃离黯淡
缄默慎言
毕竟这不是最后的孤寂
也不是死后的隐秘
那时我将被遮蔽
落入宇宙终极的无望的沉寂
疲惫　七色球体一个个向我滚来
压过我胸中滚烫的热烈
灵魂在深处摆渡
幻象飘散　拂去草叶上的忧伤
随微风吹向大海的轻浮的薄雾
更感觉山谷中永远的迷蒙

亘古不灭的神灯

愈发惨淡摇曳的微光

一轮明月冰凉　星光的高傲

令她格外凄惶

云在远处

寂寞的湖面铺就幻想

水中倒影印映着希望

致讨厌的 T

讨厌的 T

你真不是个东西

因为你满身的俗气

我甚至诅咒你

大骂你一百个娘嬉皮

我还想说

你走过的乡土路

不会再有蠕虫爬过

和蚂蚁

你做过的霸主的梦

一点没有伊甸园的温情

因为你的手

已经握在撒旦手里

心中的记忆

那片深埋的曾经了不起的绿
已经不再令人心醉神迷
喧嚣的海浪孤悬着你的妄想
咆哮的风暴
卷起你和你野心的猖狂罪孽
疯癫　痴望　极恶穷凶
灵魂的毁灭
垂直竖起的乱发
锈蚀的喷头射出的
一团团污浊窒息的死气
烟雨中阴冷的墓帘垂挂
遮盖着瑟瑟发抖的
面色惨白的蛆虫
征服者 T
在棺柩里上演乱世闹剧

为了隔离

脚步　在小区门口慢下来
我脱帽致意
向那三脚机器
它说　正常
我才有了意义

脚步　在大街小巷慢下来
我脱帽致意
向那街坊邻里
他致以回礼
我才有了意义

脚步　在友人面前慢下来
我说　喂朋友

他说　噢是你
我们握手
场景才有了意义

为了抛弃
我把门紧闭
为了被抛弃
我要求隔离
面孔遮蔽
美丑失去了差异

拇指录之一

我喜欢被羽毛包裹的感觉
用拇指拾起印象
瞬间的一个个
溜进苦涩了许久的心窝

寒冬的冷夜我从噩梦中醒来
天上一晃求孤的弯月
缠绕着一层轻纱
把月儿拖向远处雾障的山洼

我想去那弯月的尖角
攀着桂树枯老的枝丫
望着脚下翻滚的云
把心中淤积的苦泪挥洒

迷蒙的我用晨风洗净了牙
清爽的阳光撩起夜的窗纱
小草微笑着泛起少女的红
林中突然传来尘世的喧哗

你知道我知道你在想我吗
你不知道我知道你在想我
天边飞来一片空白的雾霭
思念的情随柔风细雨飘下

拇指录之二

没有滋味的净水浸透
我的感觉　思想被风化
最后一片叶子飘起来
敞开了万千生命的家

我寻回了久违的语言
在艺术空旷的长廊里
重获失去意义的古画
夜窗上结满了霜花儿

星光下走上宽敞的大道
周围空荡荡　浪游的灯影
忧闷　沉默　混浊的面罩
铿锵的脚步　古老的嗜好

从一个个窗口窥进去
月光映照　影子翻动着
帘后传来咯咯的傻笑
风中荡起嘶哑的哀号

微微的晨曦拉起了
天际边的一道缝隙
我从羽毛的身体里爬出来
用新奇的眼把世界洞悉

拇指录之三

今年春节你在哪儿过
明年春节去年的春节
今年的春节都一起过
夏天里你去哪里消磨

听说他娶了俄国女皇
权力宝座　彪悍的力量
野蛮世界　暴力的硫黄
晚餐吃了一口辣子酱

分手时我说了大通谎话
蜂巢空了　蚂蚁采走了蜜
夏草筑成了冬虫的巢穴
燕的口水补偿生的短缺

两个女人加起来是一个男人
我搜肠刮肚翻遍了谜语大全
走遍了天南地北的大图书馆
竟不知谜底本就是我的衣冠

晚上你又喝粥了吗
黑米黑豆黑芝麻糊
外加三颗红枣六个核头
枸杞干着嚼黑了少白头

拇指录之四

听说你又离婚了　第四次
街角的老母狗昨夜伤寒
不幸死了　旁边趴着一条小猫
守灵人大口嚼着局气盒饭

墙上的藤枯了　仍紧贴着砖
钜家曲奇蘸着杯里的乳酸
须刨割开了细小的胞囊
血滴在粥碗里　伴着豆香

昨天怎么了　猪尾的焦煳味
溜进被挖空的打鼾的鼻孔
几片雪花飘下来又飞走了
天空还是那般吝啬和朦胧

远处鸦声凄凄惨惨
立陶宛美国人追捕俄国的利维坦
电视里的档案　历史上的今天
继子奸杀后娘父亲没报案

自杀根源何处　去问涂尔干
白昼一缕青烟　长夜雾漫漫
失足大学生与虾蟹抱成团
鱼干拖着残腿走进博物馆

拇指录之五

排长队的买书人哪儿去了
朽木桌面上长出了黑木灌
白蒜捣碎了　洋葱夹着甜圈
姜汤不喝了　感冒了怎么办

水壶尖叫着　我两腿踉跄
楼下蟑螂爬进我的书房
沙漠上一只断腿的螃蟹
傍着骷髅享受午后斜阳

噪声从取经路上传来
一儿一女万里寻玄奘
女儿国联合起高老庄
妖魔身着笔挺的金装

刚起步终点就到了
回头看路路不算长
没有电话没有会场
早餐又有了鱼子酱

耳边轻轻拂过高原的风
我骑着飞鸽遨游在雪乡
亢奋后的疲乏　风停云驻
脚下踏着带火炭的木梁

拇指录之六

软塌的沙发　刺骨的寒
绿得不分形状的山峦
货轮轰响着汽笛驶过
海面上只留下一团火

账簿卷起了狗耳朵
领口几根脚毛干涸
镜片后眼神奸诈无光
学者算计后人哭断肠

百公里三千转　球体凸
视力怎么啦　路边的树
翘尾巴的狼　洞里的鼠
理性找不到善的出路

人生逆旅　过客谁曾留步
塘里无蛙叫　当街人空无
生命延续着残喘的苦
死亡苟延着活的孤独

技术革命　信息革命
拇指革命　想象驰骋在
黑白相间的飞地上
撮一把家乡的落花生

拇指录之七

墓地里座座无土的坟茔
史前的鬼魂躲在杂草中
镇痛片　麻醉药　防腐剂
槟榔上落着脱翼的蜻蜓

不再生活在历时的年代
被格式化的时间　取代了
被时间化的空间　去局气
苏格拉底曾约我谈菩提

键盘置换了脑皮层
神经元遭芯片修整
咫尺天涯拓扑空间
拇指支配人地天

距离拉近了　被虚拟
今天是明天的远古
昨天是未来的藩篱
当下个体聚合离异

我喜欢文字　人性的教育
我喜欢书籍　实在的道理
互联网　课堂上瞬间的雨
浇灌着知识　智慧靠自力

拇指录之八

教师是PPT　我是维基
稀释扩散　寸步不离
景观中　我们为一体
分类中　也有他我你

不再讲德尼传奇
不再有生死别离
打开面前的驱动器
客体化了的认知力

气流过　风吹过
空中雾景遮蔽青铜铁器
新旧石器　钢筋水泥
摩天楼和不透明的玻璃

人脑换电脑　数码思考
灵魂本是气　化合分离
虚空　我领略风的柔和
皈依无所不在的乙醚

空旷的教室里我讲授
人尽皆知的科学传奇
拇指晃动着打破沉寂
一切都靠万能的机器

拇指录之九

维基　危机　一次契机
生命　仪礼　一种惯习
产品过剩　无须供给
知识丰富　智慧缺席

身体出洞穴　神父无坛祭
教师下讲台　均在主播席
中心　本源　归属　壳体
别了　主体　别了　身体

校园里方队林立
荒漠上兵营万里
知识链接　学科割据
谁来收拾破碎的残局

杂糅　美德　秩序　游离
我原本来买古代典籍
后座却堆满丝绸内衣
学问无菜单　游戏无序

我在行路　路人稠密拥挤
我在旅游　游人浪荡不羁
千条支流注入　波浪频起
万种人语嘈杂　噪音不息

拇指录之十

背景噪音　音乐的肌理
超越时空催伤感　愤激
我挥拳打破千年静谧
把旧的形态彻底荡涤

旅馆　餐馆　咖啡馆　我在哪里
机场　车站　飞机场　我在消弭
规定性语法的樊篱　巍然耸立
非场所空间的缝隙　终未和弥

我去何方　手执一照　日行千里
我归何处　拇指一动　当即解域
我在人群中享受喧嚣的孤寂
又无时不受限于独暴的玄机

岔路口无标　行路艰难
马赛克镶嵌　色彩斑斓
鸟入笼　鱼入网　车入站
人在编织自己的单行线

品牌盛　物无名　诗无忌
能指横陈　街垒流光影溢
大脑开发　古今越际合离
脑瘤患者　忍受博闻强记

拇指录之十一

世界小了　我和你
同一个舞台演戏
同一个导演　同一个角色
言论和思想　平庸而拥挤

摩西　子产　汉谟拉比
拇指代替了石碑
记忆　国家　银行　商店
法律无法辨认的数据

文学与科学　身体与数码
八十和十八不过是算法
工人　农民　妇女　学龄童
无名个体在飓风中挣扎

在数码程式中　我重获
高于理性的思维
多亏艺术和文学的滋养
物的秩序复又确立

人与物　医学与法律
莱布尼茨　牛顿定律
在古代哲学的废墟里
仆人战胜了苏格拉底

拇指录之十二

我是谁　我知道我存在吗
我是个体　我不属于这里
我是 DNA　开放了又封闭
字符和数码是我的肉体

与肉身同在的魂
离大气而去的云
人的二重性　公与私
医学的讽刺　治与欲

金字塔和铁塔　石头钢架
现代都市的衰落和繁华
我跨过原始沙漠的低洼
我攀越基座支撑的天涯

羽毛依然包裹着身躯
橱窗里　僵硬的恐龙体
随风舞动的雨　透过云隙
我看到亘古不变的绿地

梦醒了　我仰望星空
弯月西悬　东方彩霞
我还在羽毛的包裹里
没有拇指的温馨的家

过往的脚步

脚下是坚实的土地
身后是走过的履历
我从大山里来
穿过遍布的野草和荆棘
脚步踉跄　迈过洼路的泥泞
山路的崎岖　落叶砸在肩上
草根下蟋蟀蚂蚱蜗居
鸟儿在梢顶攀栖高歌
蚂蚁涎着忧婉摇曳的云梯
忍冬攀绕土坟塌陷的幽寂
凝望着远处袅袅婷婷的小溪
我走过一个个漫长夏日的炎热
我度过一个个无眠冬夜的蛰居
唯有春秋的凉爽

清晨的熹微　黄昏的瑰丽
那缕挽住薄雾的蝉丝
那句难付笔墨的心语
那声飞往天籁的大地之音
那阵圣洁无声的魂魄的敲击
生命的流程如雨筑梦
灵魂的徜徉无影无序
侧耳细听那些过往的脚步
心思维系那一缕蓝雾戚戚

战斗在继续

一股风吹来

穿透我的胸膛

带走了满腔的血

留下了空荡

只记得春天里

花儿开了

角落里还有霜

七扭八歪的莲蓬

依然释放秋的清凉

湖面上阵阵涟漪

来了又走了　没留下什么

去冬的小鸭钻入水底

在很远的地方冒出来

抖抖翅膀又钻进去

战斗在继续

真情随呼声悄然溜走

细雨一滴　足够痛哭
街角一隅　足够果腹
谁在乎雨天泥泞
谁在乎冬日清冷
用异化的双手
换来车轮呼唤的人群
用勉强的恭敬
迎来暴风雨前的凋零
谁知道你满肚子的墨水
谁知道你满脑子的智能
在墨水烧焦智能的地方
一群大雁成行飞过
一声嘶鸣震裂长空
金蛙从树上落下

蟾蜍从洼中飞升
干枯的眼底淤积忧愁
真情随呼声悄然溜走
偶然　真实　轮回
一隅　细雨　长流

人啊　你

多少次我路过那个角落
看见三五成群的人
臂上裹着黑色的袖箍
今晨　我又看到黑的聚集
才知道那是美好的天堂的入口
抑或是黑暗的地狱之门
原来它是那么遥远
如今却又如此相近
这里没有月的盈亏
这里没有日的阴晴
善恶在这里区分
余下的都将化为灰烬
人啊　你
在世界中向死而行

在死亡中走向永生
耳边激昂的进行曲
手指击打着辽远的战鼓
脚步震动出路的颤音
我昂起头　挺胸走向
那既远又近的永恒

路边的椅子

你啊　人
出生　活着　死去
花园里有路
随便哪一条
活着　走路
走路　活着
携手　相伴
独自　寂寥
困了　入梦
累了　歇息
路边摆满了椅子
转眼它空了

日落时分的松鼠

太阳缓缓下去
光洒在湖面上
余晖撞上了土墙
一只小松鼠
乌黑铮亮
蹦蹦跳跳从眼前跑过
消失在陡峭的山梁
那日　我看见它飞跑
在接天的树梢
窜来窜去自由潇洒
随意逍遥
昨日　它来到陆地
把鸟儿放弃
见到人的高傲

惊慌　却也不卑不避

今晨　又见它口衔一物

状似腰鼓　从马路跑来

左避右让　奔向那山梁

缘何因果　倚何奇缘

我与此鼠三次相见

其何以舍园林

觅食于路边

秋天来了　荷花落了

喷头状的莲蓬占据了湖面

想起初春时的放翁

幽居茂林　松鼠相拥

而今秋之御苑

叶落云残

终不闻乡圃竹鸡

玉 照

偏差 在言实之间
缥缈的虚无中
万能的神微微撬开惺忪的眼
瞥瞥那条细密的线
在一副厚厚的镜片后面
横亘在额下
那样自得
那样贪婪
头也不摇一下就又闭合了
唉 人啊
竟然把自己如此作践
却不知已达极致的卑贱
坠落 坠落 深渊无底
却以为上了天

嫦娥羞了　怯了
美与丑虽可中和破解
二元共处委实很难
且何况
体内真情的激荡
已被科学消解
到头来腐坏的一副皮囊
破灭的一枕黄粱
可惜了
百万价的身家
万千价的闺房
空荡荡
玉照千幅徒悲伤

我的路

我的肩头
卸下了百斤重担
我的心头
拂去了千年浮尘
今晨的路上
我救起了
一只浑身是血的蚯蚓
内在的世界
唤起了一丝临在的恻隐
大千世界　众生芸芸
仿佛只有它和我
在生命的河流里汇通
我看到它微微翘起
还能扭动的一头

用触感的眼凝视我

此刻的哀愁

仿佛那重担

落在了它的另一头

仿佛那浮尘

又把它压垮

像那暴力的脚步

像那飞驰的血腥的车轮

无视生命的尊严

恣意践踏

我收起脚步

环顾四周的野花

虽没有蜂蝶雀跃

荷叶青青

却也有露珠晶莹

润土蓬松

遂把蚯蚓轻轻放下

它的路在草中

在花下　等待呵护

正如我的路

在脚下　在前头

等待着远山的呼唤
期盼着密林幽谷的啁啾啼鸣

诗无奈地垂下了高贵的头

在诗追随歌的领域
我们能否在智与愚的冲突中
建立和谐
在物质极度充裕的时代
我们是否还能进行
对贫乏的追求
在无遮蔽的或被遮蔽的世界暗夜里
去寻找已经丢失的
却未被神化的神性
猫在雪地上留下了
未被捕捉的足音
必死之人在贫乏中
坚守着从未有过的
却也在存在中存在过的物性

上帝的缺席以及拜物的黄昏

重力下落

打翻了酒神的酒杯

我们从此酩酊大醉

或者　借酒力而沉睡

我们这些寻常之物

在闭锁中敞开

被允许进入无界限的限界

被阻隔在世界之外

没有动植物的伴陪

唯有高喊低级的呓语

怀着渺渺的猥琐

用自我的牺牲和廉价

换来人性的坍塌

虚掩着被遮蔽的死亡

偏离牵引的轨道

用过剩的我思粉饰着

被摆置的面孔

只为获得一片枯萎的

月桂的叶子

或者被折断的

橄榄枝
语言被抽空
身体不过一个符号
歌飞向无尽的远方
诗无奈地垂下了高贵的头

美的令人恐惧的多重含义

畦蛙还是蟾蜍
镜中的自己
那令人不适的面孔
诠释着丑陋的意义
疯狂地向美提出质疑
颠覆了善恶的逻辑
种族　性别　阶级
波吕斐摩斯
因丑陋而孤立它的反面
就是美的定义
霍屯督女人的臀部
猎奇增白
将使美丽更艳丽
却凸显了媚俗

镜中的美容

自以为是的形容词

演绎让丑陋的法则变本加厉

破碎的面孔　堕落的身体

战争的残疾　维纳斯的断臂

美杜莎转动的蛇头

临床医学解剖的人体

松垮的皮囊加一堆碎骨

一个暗喻

跛脚　盲人　驼背

无唇却也口齿流利

勃拉姆斯刺耳的噪音

克莱文乐音中的葬礼

蒙克的圆舞曲

波洛克的丑陋

艺术的深远意义

受侮辱的感官

被污染的大气

还有浸泡猫尸的业绩

粪便　汗液　经血

游手好闲者的宴席

临街如厕的日本士兵

麦克白三个丑陋的巫女

舞裙下畸形的骨骼

跳着错误的残疾的歪扭的舞步

恶气充塞帕台农

拙劣　心悸

市场上泛滥的昂贵的垃圾

既非静止　亦非呆滞

耳边乐音飘荡

散尽种种暴力

文化建构

口　耳　目　手　鼻

人为之所不为

能之所不能

罪恶之石滚落

拖入深渊　坠入忘河

汇入潜流　唯思维

难能展示其粗鄙

语言破碎

嘶喊着喧闹嘈杂的话语

形象复叠　平庸无趣　视觉叛逆

在恐惧中排斥丑陋的意义
却也不拘泥于
美的令人恐惧的多重含义

朝着深山里野蛮的幸福

打靶场上的三点一
街上的裸体
锥形的等边三角的外衣
引来路人倾斜的睥睨
那裸露　那锥形
那动中之动的静寂
树木　人流不息
我在凝视中
炎热的泪　透明的颤抖
诗的世界
极不动人的美的伶俐
丝毫不得满足的必然性
记忆中的　金字塔尖的迷离
我最深切的渴望

恬静像一块石头

像罗丹手中的石膏

永远无形　永远孤寂

被迷雾缠绕着

不可能的激情

不变的死亡的藩篱

那些不长的日子

创作停止了

节奏慢了起来

发生在酒杯里的故事

上帝和撒旦

为了忘却　为了分离

放荡地活着　还是接受不幸

这不是选择

因为历史在预期现在和未来

积累和奠基

意志被迷惑

被诅咒的日记

如同欲望的消沉

一种毁灭

拒绝善　拒绝荒诞

朝着深山里野蛮的幸福
诗　还有歌的旋律
迅速地
捕捉迷失已久的少女

带着世俗的埃尘

它　在红黑之间
在土或灰的路上
渺小的影子
随着气的升腾
膨胀起来
向上　向左　向右
向前　向后
只留有一条活路
他　身轻如鸿
她　体态轻盈
她与他加法不过百八
却也重于泰山
穿梭京沪一览天地人间
翻手为云覆手为雨

活呀　多么不可一世
活呀　这世间的福寿
掠过列车的风
落入倾倒的树丛
偶然一颗雨滴在心头
带着世俗的埃尘
染透这红
浸透那绿
挥洒一抹彩虹
只点缀虚空
顷刻无影踪

嬉笑中去了百态人生

窗中风影
掠过客无名
月下浮云
托几点孤星
旧几独杯堪自斟
思绪中飘来知了声声
不为吾鸣
却也轻灵
耳中琴声
伴步履轻盈
水底蛙鱼
戏溪流淙淙
天地万物一瞬揽
嬉笑中去了百态人生

世俗了却
只为清净

风光旖旎依然

纵然喜欢

春之绿　夏之蓝

纵然同样喜欢

秋之金黄　冬之雪烟

我们依然　痛恨黄昏

童年如此短暂

成年诸多心烦

老之将至

蓦然回望

生命留给我们的

却依然那一撮土

那一兕蓝

旅途未尽

足迹已被遮掩

儿时稚梦未醒
弯月却挂天边
仿佛那一朵朵花
色正艳
那一篇篇文
腔正圆
河边柳花正扬时
却已深秋落叶
风吹云卷
既然清晨
何惧黄昏
既然春来
何惧冬临
一束夕阳
残照暮春　一泓湖水
一抹晚霞
点缀初秋　一户人家
侘寂孤老无一物
残缺旧好尽天缘
遂杯中一品天下事
何患恶墨万点

陋室无铭
屈指百代岁月
凭寂然清静
风光旖旎依然

那条你我并肩的路

我们一起走过的路

很长　望不到尽头

无论洼坑　纵有磕碰

未见你脸红

失败与成功

都在你紧握的手中

还有那手的喷薄的力

每次　它宛如夏日炎炎中的霹雳

击破暗黑的夜

瞬间展示光的波澜

那般明亮　那般绚烂

透明的　无遮蔽的空

在深呼吸中

换了淡色

触碰着头的绿柳

把一抹清新掠过

投入我的视界

眼见一群振翼的蜂

搬运着花心

装点夜晚入住的空巢

香甜的果实

发出生命的味道

又撒向挥洒的空间

那条你我并肩的路

依然很长

依然坎坷

依然前行

物有裂痕

物有裂痕
光从那里挤入
浸透锈蚀的细纹
流经蚕丝般的溪壑
滴滴清纯的露
滋润石缝里挣扎的草
风从海面来
草儿晃动　惊醒了叶子
和叶子背面熟睡的生命
伸个懒腰
见一只蜻蜓飞过
震天价响
把蓝色的白抖落
横亘在石缝的顶端

光透过那白

谦虚温和

望着离去的高

几分凄然却也释怀

毕竟此处静息

有风　却不狂躁

有林　却无禽兽

也有路　却又无行走

光在隔岸　云遮掩　不胜寒

一道缝隙敞开

物从中来

将进步

死亡并非那么可怕

形象枯树孤枝

一只老鸦颓废凄惨

蒙眬睡眼　垂下臃肿的视线

隔岸灯火　绿柳红花热闹

燕舞莺歌　扑鼻芬芳缭绕

飘忽来　扑进怯懦情怀

严冬并非那么泠冽

却也透骨的寒

脚下沸腾汹涌的海

湍急飞逝　攫住了僵硬的步

隔岸花乡　斑驳绚烂多彩

群峰嗡唱　飞鸟扑翅展翼

低垂旋　托我满腔浪漫

虚掩着隔世的转门
轻推影像暗黑
没有鼻口眼的面孔
悄然变幻　器官一抹赛平川
水面如镜　白云青山
抬眼仙阁琼楼
祥瑞叠嶂宇间
将进步
爱犬急呼我还

我仰望星的愁容

很久很久了　懒惰
指头皲裂开
笔记本上厚厚的尘
填满了皲裂的缝
深秋的季节
金色的黄紫样的红
绿叶无精打采
模糊的太阳的面孔
我没活着　拥挤的天河里
翻腾着大大小小的星
各色的面具
搔首弄情
我不得安宁
虽生如梦

无思　无欲
只有一肚子不幸
眼前晃动着椭圆的零
几声车鸣
惊醒了立体的梦
残留的污垢
从枕边卷起
化一帘微尘
垂挂在枝头
遮住了树干的丑
我仰望星的愁容
风中摇曳的脚步
喧嚣逝去
亘古不变的静

捧起远方的一把沃土

小路　蜿蜒着
在曲曲弯弯的河边
干涸的春天里
鞋边挂着一抹尘土
小草儿的嫩黄
随着寒冷的风
摇晃着倒下
我　捧起远方的一把沃土
将她扶起　让空中的云
林中的雨为她遮阴灌溉
在艳阳的日子里
小草蔓延了
护卫着蜿蜒的小路
在弯弯曲曲的河边

无人顾及的小花开着
狂人的脚步常来踩踏
草窠下躲着孱弱的仔蛙

永恒的轮回中

梦中　你紧随着我
我感觉到你　时而瞥见
时而无存　但你就在那里
在我身边　在我心里
在我感觉得到的地方
不知是风雨交加
还是浪静风平
地平线上翻卷的白云
海面上旋起了热风
西边天际出了三颗太阳
下面是比太阳更加明亮的月亮
本不该出现的星星
挂满了天空
像你　紧随我　紧随着太阳

我望着地平线

除了太阳　月亮　星星

还有一片凸凹的沼泽地

深绿色的苔藓

没有树林　没有河流

水都包含在苔藓里

无数菌菇孕育着

没有未来的生命

没有动物　没有鸟儿飞翔

听不见歌唱

世界聋了

天眼瞎了

谁在说话

没有语法　没有句法　没有意义

谁在问话

没有应答　没有回话

也没有自言自语

汗湿透了内衣

湿透了床褥

湿透了身体

从背到胸

没有器官

没有肤肌

扁平的具足的力聚集

挥发　再聚集

永恒的轮回中

我和你

还有那湿透了的身体

缘自缘中生

听风　观雨　品茶
好一品潇湘味道
粗布　麻衣　木鞋
好一段山路凉快
路尽　一庄户人家
茅草缮顶
窗玻璃上一粉白剪纸
远看似寒冬冰花
更解了一路暑气
老汉端上一杯热茶
胜过北方冰啤
强似冰岛浪花
老茧的手满脸的痕
凝重的眼神

我想起父亲

想起母亲

我这被改变了的命运

还有这双没有长茧的手

摄去了我歉疚的魂

平静的内心

顿时窥见海面千帆竞过

天空中百鸟争鸣

沙滩上万人竞裸

我自问雨从何来

风从何来

手中的杯变得冰冷

茶失去了味道

无品无情

生活欺骗了我

我也欺骗了生活

真话向谁诉说

只待西行路上

捧一撮黑土

摘一朵野花

谁说有来生

谁说无今世
缘自缘中生
运自命中来
噫嘻
一幢土屋
一片草地
一树乘凉
一杯湘茶
此生足矣

我是傻瓜

我是傻瓜
来到这喧嚣的世上
不知为了啥
懵懵懂懂过了花甲
回头一看脚下还是出生时
那片泥泞的塘洼

我是傻瓜
走过这大半个世界
不知为了啥
享受了东西洋楼豪华
比来比去舒服的
还是出生时那个简陋的家

我是傻瓜

读过万卷古今书籍

不知为了啥

思考了过去未来多少事

想来想去追寻的真理

还在路旁的一朵小花

朝着生命落脚的地方

湿润的目光
落在母亲病榻的床头
欲滴又止的泪
噙着无尽的爱和歉疚
茫茫苦海的岸边
你的足迹已被抹平
唯有那矜持的血
还在我体内淌流
用善良滋润的心田
把我的目光引向那壮丽的墓园
我看见一叠山峦上的天际
有历久弥新的印象
父亲躬身锄禾的背影
在正午的艳阳中

在颤抖的粥碗里

稀释那满手的老茧

淡漠那浑身的疲倦

我看见松林中的女人们

篮子里沉甸甸的蘑菇

小心翼翼的　紧张不安的

每天从蓬草的缝隙里

抓住溜滑的信仰

满意的笑容　欢欣的背影

还有不肯落下的

坚硬的不伤人的松针

夜半我路过那片墓园

碰到从未谋面的奶奶

从林中归来　说　仙逝的亲人们

早早睡在了这片歇耕的墓园里

不孕的红土　硌脚的沙石

头枕着泥块　盖着黑白的天

不戴草帽的男人们

不裹头巾的女人们

幸福藏在树干里

缠在亚麻布里
涂抹着回忆和悲伤
泥土混着泪水
打湿了头顶的玉米
灌醒了久已沉睡的高粱
集体农庄的偏执
恶魔撒旦的猖狂
故乡亡灵的仁慈和温厚
还有歪着战栗肩膀的小双
细小的身子极力张望着
在无力的丘顶上摇晃　摇晃
我默默地对奶奶说　我们走吧
千万别惊动那些梦者　睡者
那些没有墓碑的坟茔
那些漾着希望的面孔
在枯败的柳荫下
留下山风里长久的念想

枯草的沙沙声伴着小鸟的窸窣
我跪在柔软温暖的土地上
在一晃未耕的角落里

望着已经启明的天空
仿佛看见幽暗坟茔里
一双双召唤的手
朝着生命落脚的地方
祈求最终的平静和安宁

梦 里

我刚刚入睡

眼未及合

就企盼

仍未疲惫的山

山上未走的路

望穿了

仙台楼阁

琼楼玉宇

还有我熟悉的

天花板的缝隙

树叶挤进来

蟋蟀跳出来

还有蜥蜴的明眸

传递久违了的情意

我还在熟睡
我还在企盼
却不知盼望的
已经在梦里

大地只剩下一种性格

风从东边吹来
暖暖的树感觉到了
她从沉睡中醒来
舒展开身子
穿上一身嫩绿的新衣
她低头看了看
见同伴们还在熟睡
就挥挥手晃晃头
说　快起来啦
穿上漂亮的衣服吧
没几天　草儿绿了
河水清了
樱桃红了
杏树粉了

桃树白了
春天来了

风从南边吹来
热热的树感觉到了
从春眠中醒来
看看升起的太阳
叹了口气
换了一身隔热的衣裳
她看看周围的伙伴
草儿长高了
芬芳馥郁的花儿不见了
河边的柳树垂下了头
没几天　她又看到
海棠红了
桃子熟了
杏儿黄了
遍地的西瓜滚来滚去
不见了五颜六色
夏天来了

风从西边吹来

凉凉的树感觉到了

从酷暑中醒来

舒展开身子

发现衣服褪了色

她抬头远望

见大地也变了颜色

远山七色彩练飞舞

枫叶红了

银杏黄了

轻风拂起片片稻浪

没几天

庄稼成熟了

果实收获了

周围的伙伴们忙着冬储了

彩练飞走了

秋天来了

风从北边吹来

冷冷的树感觉到了

从秋的喜悦中醒来

舒展开身子

发现衣服不见了

黄青绿都不见了

看看周围

草儿回到了土里

鸟儿蹲在坚挺的树梢上

人类的窗户结满了霜花

大地一片白

没几天

大地只剩下一种性格

太阳在西天悬挂

血液凝固了

略显苍白

树困倦了

她闭上眼睛

心里想着明春

香香地睡了

一个人生的秘密

我看着你的眼睛
两行长长的睫毛
合起来分不出上下
只看到你合着我的呼吸
轻轻地　轻轻地摇动
你的一只手扬起
放在耳边的不远处
握而不合的拳头
似乎装着宇宙的力量
来回地　来回地摆动
忽然你睁开双眼
一汪明镜般的清水
映着翠柳的倒影
蕴含一个人生的秘密
忽闪的　忽闪地飘动

咖啡的香味

不知多少次
我在磨豆的门旁
坐着木制的板凳
望着树的缝隙
唯恐企盼的身影错过
直到困倦迷糊了我的眼睛
直到木椅的咖啡味
再次把我唤醒

思想逃出我的情绪

向着昏暗

向着阴天

向着群山

我攀缘

不见颜色的绿

不曾失落的记忆

还有冰冻的

比岩石还坚的清泉

在但丁的文字中

在兰波的季节里

繁华铺满了草地

头顶缠绕着葱绿

爱神在阴影中驻足

思想逃出我的情绪

低矮的山石间迅捷的爬行
穿过影子
掠过蝌蚪嬉戏的小溪
携带着西下的阳光
消失在旷野的遥远
阳光去了
影子留下来
像世人追梦
爱从梦中逐出
从岩石中渗出一汪清泉
滋润着山顶的树
匆忙的溪水停下来
点燃了潮湿的绿
火焰流入爱的胸间
一簇茅草竖起来
把岩石遮掩
花瓣　水滴

微雨淅沥

我不再守时
停在时间的溪水里
生命流失
在空间的裂隙里
我捕捉时间的足迹
在脚边　在指缝间
记忆流过
印象不再清晰
初冬的那场小雨
西行的雪花
把含羞的脸儿遮蔽
泪在雪下流
甘醇的酒　无声的恬静
融进啜泣

黄叶留恋地飘去
回望树干光秃秃的直立
孤寂等着你
在陌生的小路旁
叽叽叫　昏鸦老树叹息
云端一抹余晖　曾几艳丽
雀儿乘风归去
缘何盼其来兮
秋的色彩离去
冰雪融化
换来一缕晨曦
屋脊上几只乌鸦
抖开羽毛　讨论人的问题
一只扯开嗓子嘶叫
呼吸　呼吸
另一只却在嬉戏
一摊烂泥　一堵瘴气
生命之泉干涸
随也去了
孩提时清醇的小溪
忧郁　孤独　病态

死尸枯骨　残血败叶
尽在微雨淅沥

爱恨缠绵盈盈一水间

你眼中映出我的脸
我眼中映出你的脸
伊索尔德眼中特里斯坦的脸
月光下阳台空了
鲜花搭起的拱门烧了
桥头水边跪卧相拥无泪的眼
耳边轰响一种蝉鸣
等距时间插入无隙的空间
向着高山仰起沙滩的脸
断续的海浪扑来
流沙钻过脚趾间
石缝里爬出一只瓢虫
抬起惺忪的眼
望着雾里葱茏的山峦

心儿飞向了海那边

微风吹拂轻帆撩过疲惫的脸

灵韵牵动一漪清涟

爱恨缠绵盈盈一水间

无名的眼凝视着无名的脸

悲情万载复重演

莽莽宇宙生死悲喜交欢一念间

遗恨千古只为眼和脸

尚未雕刻的脸

尚未开启的眼

远离隐秘黑暗

仰望繁星追月离恨天

寒风中重压的冰雪

没有筋骨的小草匍匐着
无伴的小树弯下了腰
细嫩的枝条蹲伏着
群居的矮树簇拥着
寒风中重压的冰雪
你不可怕　我时刻准备着
给冷漠戴上癫狂的面罩
用一片血染的裹尸布
遮住被鸦片毁掉的身体
讽刺　历史的嘴角微微翘起
既然现在　当初何必
那般英武　那般壮丽
文字留下了百年游戏
无数骚客为你收拾残局

在无忧无虑的年华里
打上痛苦孤独狂热的印迹
谎言与不朽　在同一个天平上
内心里比雾霾还重的瘴气
普罗米修斯空泛的愿望
陀思妥耶夫斯基救赎的主题
世俗得十足的神灵
体验着荒谬绝伦的真理
用自杀式的语言
描绘肉欲淫乱中梦想的慰藉
群魔中　我看到了你
阒寂的荒漠失去魔力
穿过黑暗的密林寻找
上帝的遗腹子留下的那片空地

含血的泪不再温暖

在语言常温的花室里
我用心灵的泪水浇灌
酷热升腾的焦灼
遮盖了蜘蛛铺设的天空
搭起了桥梁下移动的阴影
文明从梦中醒来　失眠
饥肠辘辘的便便大腹
含血的泪不再温暖
几行小字　几幅小图
沉默的声音中我听到
死亡乐队音符中的偶像
千年怪影伏在三角楣上
用千年的噩梦写下了
超短裤下遮掩的墓志铭

基督的遗训　断续的残篇
伦勃朗笔下丑陋的裸体
终将归为空无的富丽
孤独的水母借着萤火
驱散被人类遗忘的夜
无力的手　心灰意冷
划破帝国倾覆的痕迹
让死亡恢复她的耐力
在女神戏弄的怀中呻吟
拨动埃及星座的琴弦
倒立的金字塔
底座上无神的帕台农
建起数百年的黄昏
偶像倾听穴居里的玄妙之音
那只失明的目不转睛的眼
把柏拉图赶到了乡下
理想国的心脏　只留下了
几分怅惘的孤独　还有诗人
梦里那无尽的游移

城市累积的窗口

城市累积的窗口
一个个视点　一个个记忆
垒起城墙的砖块
筑起历史的土坯
棵棵会思想的芦苇
在有限丰腴的人间
在河流岩石的无限
彼此轻轻地抚摸
保持浩瀚盲目的沉默
无限小的非物质的以太
无数旋动急转的流涡
趋向自身不可理解的数的运动
自然不可思议的图景
先于无人知道的情形

比利牛斯山的冰层和岩块
喜马拉雅山的领悟和愁情
心灵跨越时间漫长的感觉
坠入所有时代共处的流星
登上黯淡崇高的山峦
走进卢梭使之闻名的荒冢
到达野性巍峨的山谷
无力攀缘的手
搭建云中垂挂的穹隆

我厌倦了

我厌倦了　因为我在路上
在路上
我听到太多太多的谎言
遇到太多太多的怪人
走过太多太多的歧路
留下太多太多的遗憾

我厌倦了北来的风
夏天的雨
那无尽的思乡
那无法名状的忧伤
我厌倦了
以宽容为掩盖的吝啬
受理性严控的激情

被阳光覆盖的黑暗
还有蔽天遮日的蝗虫

我厌倦了
学问的傲慢自大
权力的盛气凌人
道德的喋喋说教
科学的正确精神
知识的平庸无味
宗教的咄咄逼人

我不是神　也不是凡人
我不是石头　也不是活人
我是火焰
像流苏一样摇曳
我是繁多
像大海一样辽远
我是噪音
刺破时间的和谐
我是荒漠
覆盖肥沃的田野

我是海藻
在水下随意飘摇
我是狂怒
随火山的喷发咆哮

我厌倦了
大海浮躁的语言
渴望着覆盖湖面的严霜
我厌倦了
精英世界的奸诈
渴望着童年玩耍的天真
我厌倦了
宏大理论的空洞
渴望着平凡故事的勤俭
我厌倦了
玉液琼浆的陶醉
渴望着阁楼小屋里的清凉

我总在路上
所以我厌倦
我厌倦　因为路没有终点

我渴望成为自己
我渴望与路合为一体
我渴望回到路的起点
终点就在她的起源

裸体画之一

皮肤上没有暴风骤雨
情绪中没有惊涛骇浪
玻璃镜般的平滑
扭捏做作的丰腴
纪念碑般的简约
现代建筑式的单色
神殿石柱的双腿
教堂圆拱的后臀
拱顶滚圆的乳峰
生命力四射的丑容
她蜷伏　蹲跪　洗浴
她温馨　柔情　撩人
她是线条和形状
被祛除个性和思想的白痴

她是抽象和几何
被简化为没有智慧的永恒
这具被抽掉灵魂的躯体
地中海春夜里被缚的海伦

裸体画之二

她是艺术家的女人
却被艺术剥夺了灵魂
她原本身材苗条
匀称中透出几分优雅
即使赤裸着肉体
也不必凭借性感
凸显女性酮体的潇洒
丰美　世俗　肉感
每一处都传达出密室里
被褥与肌肤的交错
窗前　镜中　床边
那不是拒斥的矜持
花园里狂乱的情绪
景色浴盆里跳荡的妩媚和风骚

光和色在她周围嬉戏舞蹈
气和线环绕静物般的窈窕
不久
也许由于他们都太过傲慢
也许由于联盟拆毁又重建
在艺术的狂风暴雨中
在画家的内心海洋里
她的冷淡遭到了报复
她的自我被强行介入
一件件私事的记录
一次次禁地的窥探
事态消隐　形状扭曲
光色破碎　身影分离
冷漠　自闭　独处
矛盾　抑郁　多疑
不停擦拭的抹布
不停涂抹的画笔
在擦拭和涂抹的噪声中
她终于变老　枯槁
溺毙在浴室与画室的斗争中
女人的身体被撕裂

全部生命最终都凝聚
在一条小狗的神情中
而画家望着睡姿不再性感的僵尸
成了自己寓言里的英雄

裸体画之三

不是欢乐的玉宇琼楼
不是美感的肉欲色情
她是能把你吞噬的烈火
她是你无法窥见的隐形
蓄势待发的斗士
疯狂病态的舞者
狂乱做作的色彩
没有性别
只有欲望的驱使
没有比例
只有灵肉的错位
没有器官
只有性欲的逃逸
性即美
因为那是我们生的方式

艺术即救赎
因为那是我们必须妥协的现实
否认这一切
就是玷污父母
阉割生命　禁锢灵魂
状如子宫的黑色罩袍
垂落而非斜依的身体
夸张扭曲的肌肉和断肢
荒诞不可理喻的生命的射击
迫切而强烈　火辣而邪性
茫然空洞的目光
泄露出交欢后的陌生和疏离
锯齿状的枕饰
暗示着心与性的闲散和宁谧
爱的痛苦和热望消失了
留下了爱的悲伤和圣体
一个男人　一个女人
一个孩子偎依着母体
蜷伏　凸乳　长臂
目光呆滞如炬
凝视着那并非是未来的人体的沟渠

裸体画之四

慵懒　全裸　凸凹错落
经典的诱惑　艺术的迷狂笔意
把看的喜悦付诸劣质的喷头
在没有欲望的激情中
灵与肉分离
酣醉　半裸　肢体颤抖
眼睛的诱惑　自我的神魂迷离
把看的欲望投给皲裂的乳头
在没有激情的媾和中
爱与恨交集　世之乐
粗糙的构思堆积着春之祭
冲突的旋律伸展着
不是情感的宣泄
是被攻击的人体

不是肉欲的饕餮

是颓败为松弛的绿地

生命和实存沦为涂抹

睡梦中的裸女

流淌着血色的情意

沙滩上的宁静

掺杂着享乐的啜泣

真实　虚幻　懒散

谁在任意摆布那些无性别的身体

谁在尽情表达那些宗教般的迷离

一团艳丽的轻梦

缠绕着昏睡的午后

一股巨大的张力

等待着欢愉的突袭

挑逗　占有　强暴

被榨干的灵感腾空起

红色裙裤遮住了春的忧郁

在一段模糊的交响曲中

她听到了一声晴天霹雳

被动　沉思　孤独

华丽的羽毛衬饰着裸女的彩衣

任性　空茫　无望
凝固的画面吞噬着流体的悲凄
在孤独的陪伴下
他回到了乐园
但他依然不是上帝
他依然被上帝遗弃

裸体画之五

只可远观　不可渎玩
内心的诗意和感伤
舞蹈　受难　残酷的铁石心肠
概念　抽象　被打破的定性信仰
情色　审美　狂喜中的生理女神
宣言中的偶像
熟睡的裸女旁男人在沉思
清醒的感觉战胜了混沌的死亡
受挫的狂怒剥开了舞会上的裙衣
敦厚的肢体流淌着堆积的脂肪
亚维农少女们深情的媚惑
粉红色性器官苍白的忧伤
扶手椅中的零部件
是被解构的肢体

曼陀铃旁的女肖像
表征欲望满足后的彷徨
入浴者的圣洁
开锁者的肮脏
土耳其宫女的恐怖
海边形体的惊慌
沉睡中的裸女在阅读吗
风景中的女子在沉睡吗
那是一朵迷香的空谷幽蓝
还是不幸遭人染指的女王
那是海上女妖的歌声
还是画家充满敌意的心房
在现实与空虚之间
在梦幻与谎言之间
恐惧　匮乏　逃逸　纠缠
双眼因忧虑而斜视
双足因扁平而踉跄
顾镜自恋的镜中人的戏谑
黎明毁灭高唱晨歌的梳妆
工作　疲倦　休息
动力　速度　能量

死神不足惧　情色心欢畅
原始性征的扭曲
在明晰的符号中徜徉
本能欲望的意象
在讽喻的寓言中远航
生命和艺术的生产
却源自性的癫狂

◎ 旧韵

环球同此凉热

　　读网易,举世流行新冠,环球同此凉热。仰望夜空,月明星隐。回首近日往事,历历清晰。叹去冬疫情突袭,赞春来战疫首捷,想起主席诗词。欣然有感,开机仿写二首。

其一

中医西药枉自多,禁足闭户奈我何!
全民遮面无颜见,万户萧疏对窗歌。
坐看网易晓天下,拇指微动一千河。
劝君莫问瘟神事,一样悲离一样合。

其二

春花绿柳尽逍遥,神州大地频捷报。
晴川抚琴祭英烈,清明时节雨滔滔。
鹦鹉阔饮吴江水,芳洲香草撒江桥。
借问黄鹤欲何往,白云悠悠龟蛇笑。

诗二首

其一

初夏夜缺少凉意，蜘蛛披上旧蓑衣。
天地容我我自去，蜂花相栖酿新蜜。
夜梦常醒无呓语，知了树上长喘息。
我欲歌月月掩面，风起东西荣枯易。

其二

岩石缝里蜥蜴现，新风起落无声还。
夏末夜酒醉梦酣，别墅秋苑生紫烟。
桃李无我我何为，河边垂柳罗衣换。
今虽解甲归乡里，轻风白发换新颜。

诗二首

小年夜感放翁雨夜南堂独坐之悲凉

其一

七十未满六十余，同龄放翁老夫遇。
眼暗牙失发亦疏，观世品食味依足。
余之故人俱健在，唯有二零显独孤。
如今小年夜未央，默诵陆诗知悲凉。

其二

风吹雨淋何太急，京城入冬无雪积。
园深人稀空寂寞，心中诵古无诗题。
荷园独斟小年稿，阳春四月酌下集。
黄昏已至欲何愁，熠熠飞萤照千秋。

元宵夜

天蔚蓝,地雪白。
春初胜寒,寒流卷烽烟。
碧剑断蛇华苑立,
白衣翅展,更在苍穹间。

十七载,魂犹在。
日夜攻坚,神州战正酣。
今夜明宵江城望,
共揽星月,雾落梅花绽。

清 明

清明时节雨未淋，花草依旧命常新。
踏青扫墓民德厚，慎终追远春光沁。
心静无杂俗事了，人法自然天地欣。
念念声声本源溯，时时处处当下勤。

秦皇岛外

晨推窗开楼影转。
云朵初绽，桅帆渐远。
垂钓人空钩无鱼心惆怅，
狗尾草岸舞翩跹。

当年秦皇入海流。
挥雨斩剑，东巡仙求。
稚心童蓬山不归羽未酬，
千古一笑骊山秀。

魏武碣石观沧海。
水天峙澹，日月抒怀。
托景致老骥伏枥志犹壮，
挥鞭哺育建安才。

主席远眺慨幽燕。
白浪滔天，汪洋不见。
颂遗篇往事从头千年越，
秋风萧瑟换人间。

外一首

落日红霞连云山，水光一色溢天边。
白昼莲湖今不在，苍茫暮色寄梦幻。
叶静风平波潋滟，轻舟一点缦人寰。
敢问游人欲何往，玉宇仙境自枉然。

朦胧的耳　听着碎梦

朦胧细耳听梦声声碎，
孤独苦闷饮酒酩酊醉。
鸦鸣摇曳，匆匆梦中人。
风琴水韵，不见十年沙尘。
十年雾霾，咏叹轮番调频。
听雁过嘹呖啼血，琴弦孤奋。
虽有杏花柳叶玉兰初绽，
却也英未落而风卷，
雾未尽而云翻。

樯帆横吹旷野稀，
天地无别沙土迷。
举头日影朦胧诗魂破，
天心欲问居者为何离。

遍地流星,更有无数蓓蕾,
待春水远送冰雪洒泪归。
云摇树影,雨唱天晴,
更觉银丝轻铃夜影,
昨夜烟尘散离。

终不见

昨日翠莲争宠,
今日蓬剥柄空。
昔日芙蓉好,
也折腰。
映日荷花今何在?
花来花去孤客行。
终不见,望断廊桥。

今日蜂恋蜜蕊,
明日蝶愁黄花。
秋高云归处,
也落霞。
满园绚丽今何在?
暑去秋来南飞雁。
终不见,望断天涯。

半山风景

遒风劲旅数春冬，呼啸气势贯长虹。
幻远犹近巅峰至，岂料云端霾正浓。
山腰风景堪优胜，上有征途下坦行。
华龙翩跹纵横舞，缘何峰顶与虎争。

乌云落日

乌云托落日，烈火漾碧波。
远山现朦胧，近树缀山河。
夕阳入幻境，耳畔响婉歌。
虫鸣迎夜幕，孤心知几何。

应县木塔

辽代木塔遗世立,膜拜释迦福禄祈。
不见铆钉皆卯榫,明五暗九傲世奇。
端庄静穆圣辉洒,风铃悦耳云飘移。
莲开仙梵擎宝伞,睥睨俗世旷古稀。

春　游

春浅花初现柳芽，光影交处几人家。
昨夜有酒无人陪，酣梦醒来醉芳华。
天淡云轻吟杏美，山绿水清秀鱼鸭。
吾今睡重不知早，后湖福海踱晚霞。

五 言

花儿无意绽，枝枝簇嫣红。
春来吟绿远，帘卷风云轻。
心扉开窈窕，声曼舞粉杏。
双臂举天阔，含情数紫樱。
芳心动一寸，满怀落春风。
细雨看蓓蕾，薄颜易消停。
夕阳如期至，晨光显空灵。
今昨无异样，夜来盼天明。
不再相思苦，溪小激流涌。
山河仍壮美，万象甭布生。

湖上除荇

湖面几轻舟,孤影水底留。
环保工人除草荇。
长钩劳作永不休,
没一日,藻又厚。

荷茎挺而秀,空灵无中求。
沿岸闲客结队走。
花间鹅鸭畅快游,
问知否,汗水流?

问当下

荷叶联袂,湖面愁洒,
晚来风动篱下。
玉钩又锁,冠复复蔽颊。
京阙独步寂寥,
海天别有新厦。
能去否?
正当盛夏,何必恋旧家。

终日心惶惶,
神困眼乏,无欲景佳。
极目落日云海,
步漫山洼。
不惧夜黑风骤,
恰又似,落笔笺花。
问当下,
何不放怀,弃瓜田李下?

初 秋

秋凉夜幽诗独吟，律韵平仄皆无音。
花烛紫薇风中曳，湖面无浪堪静馨。
杨黄柳红缠绵意，凌晨不醉星光隐。
风雨助寒树萧瑟，花去叶衰夏无痕。

残荷一夜秋

曾经独一秀,
碧叶芬芳缠翠柳。
子蓬了影今又是,
瑟瑟一片,
残荷一夜秋。
宝刀终未老,
寒光落处斩云妖。
怎奈韶华不复在,
萧萧,
冷月凉秋占空巢。

落花时节

花落曲终水空流,风烛几点光晕朽。
荷叶揽瓣蓬相随,叶卷蠃萤朗月抖。
溪小潺湲空谷寂,波涛奔涌江河吼。
路窄石碎孤步行,残梦一枕伴荒丘。

朝 颜

杂草丛生处,自有朝颜秀。
叶茂蒿草掩,藩篱牵牛镂。
蜂蝶美艳惑,玉露碗公留。
一宵风尘梦,长茂已成秋。

落 荷

荷花落去莲蓬现,百日娇艳待明年。
迷蒙一梦芙蓉睡,醒来听风秋已酣。
湖清水澈鱼潜底,霞落山外树影泣。
劝君切莫悲歌挽,离离牵牛蔓萦堤。

无是无非度春秋

黄昏后,
东风瘦,
怀中一轮明月几多愁?
月似当时人已否。
即使易安居士在,
烦了,烦了,
仍是欲语泪先流。

归家后,
清风瘦,
心中一缕残阳照晚秋。
今夜朗月人亦是。
既然荒岛今犹在,
罢了,罢了,
无是无非度春秋。

修 缘

水面荷莲竞辉映，湖底群鱼翔云烟。
影中倒柳实亦虚，连翅蜂蝶舞翩跹。
野生杂荆捞不尽，刻辱石砾饰残垣。
花开花谢练心路，生逢静处且修缘。

咖啡无因

咖啡无因，本是效颦。
黑水一团，渣滓半斤。
即便喝了，谅也无神。
今之咖者，逐梦追瘾。
无因无果，雾里沉吟。
怎奈大千，非果非因。
须弥高妙，无际无垠。
风静心动，声寂灵深。
万有婉悠，树远山近。
始终皆无，芥粟微尘。

毛尼握手

毛尼握手，坚冰破，乾坤抖。
四十八载悠悠，谱写春秋。
东风吹绿沃土，西风瘦。

庚子坎坷，新冠至，颓狼扑。
五十六族怒吼，共度寒秋。
华夏子孙坚战，何惧有。

文明承续，史悠久，山河秀。
五千年间弹指，情满金秋。
长江黄河滚滚，不尽流。

贪食者记

（伊索寓言新编）

蝙蝠与黄鼠狼

一日，蝙蝠跌地，黄鼠狼掳之。蝙蝠求饶，黄鼠狼拒之，因其痛恨鸟类。蝠辩言吾非蝠，而与汝类同，为鼠。于是获释。

又一日，蝙蝠再跌地，复被掳。蝙蝠跪求，而此狼非彼，痛恨鼠类。蝠辩言吾非蝠，非鼠。再获释。

蝙蝠随机应变，改变属性，死里逃生。遂如既往，白昼深藏，夜晚翻飞，安然度日。然好景不长，终有一日，被贪食者见。因之既像鼠，又像鸟，仿若神仙，贪食者便称其为"仙鼠"，非但欲食其肉，且欲仙之。遂掳食之。

不日，贪食者因其蝙而中疫，因其蝠而飞逝。果然仙逝矣。

青蛙爱老鼠

青蛙爱老鼠，把老鼠脚绑于自己脚上，发誓永不分离。初于地面行走，一切正常，可食谷。行至塘边，青蛙入水，携鼠同入。蛙于水中嬉戏，叫呱呱，乐不可支。老鼠却被灌饱，淹毙。遂腹胀浮出水面。鹞子得见，抓起。

而鼠与蛙相绑。蛙亦浮水面，鹞子美美俱食。

不料贪食者至。网捕鹞子，生食嚼咀。少顷，鹞子体内毒素引发疫情，贪食者亡。

（注：鹞子所食者80%为鼠。）

黑猫与黄鸟

一土豪养黄鸟，每天叽叫。忽一日，黑猫见鸟，口馋心念。于是趁机翻开笼子，鸟惊吓而逃。猫欲捕，却被土豪发现，拔腿狂跑。但终被捉。

土豪遂把猫关入笼中，代黄鸟。土豪叼支烟扬长而去。少顷，贪食者来访。见猫肥，顿生歹意。遂剥皮剔骨，食猫于瞬间，后腹痛，上吐下泻，终虚弱而卒。

（注：猫因摄鼠过多导致牛磺酸过量。）

读春柳之《雪柳》

雪柳，五谷，珍珠。叶形似柳，枝头顶花，花小而繁，色洁似雪，形若雪花，缀满柳枝，故名"雪柳"。又因其量大，唯花无叶，仿佛大雪，故又名"喷雪"。

雪柳线条舒展优美，形态飘逸婉约，宛若东方美女，轻柔似水，舞步曼妙，别有韵味，故有"殊胜"之美誉。其秋之果实形同五谷，寓意丰收。人之知雪柳，因其姿妙美，又因辛弃疾之《青玉案·元夕》。

词曰：
东风夜放花千树。
更吹落、星如雨。
宝马雕车香满路。
凤箫声动，玉壶光转，
一夜鱼龙舞。

蛾儿雪柳黄金缕。
笑语盈盈暗香去。
众里寻他千百度。

蓦然回首，那人却在，
灯火阑珊处。

词谓婉约，在其儿女情长，感觉慎密，音律谐婉，语言圆润，清新绮丽，体现柔婉之美。与豪放对立。而其"蛾儿雪柳"，词中细节，见词人观察之微。千树万树，梨花杏花，雪柳镂金，喻之为花，实则饰物。而如此铺垫，皆为回首一瞬，那人仍在。虽灯火阑珊，却也意中佳趣。

静安先生谓之三大境界之最，唯成大业者为之。俗辈梦寐，终归难求。而能感悟者，亦为稀有殊胜。春柳所悟，寄情雪柳，虽词中琐细，却寓意深远。值此时节，疫控未了，禁隔未解，虽春花烂漫，却无心赏鉴。犹如稼轩于闹市，百千群中，唯寻于残灯冷落之处，尚有不归有待之人。忧国忧民之情，不亚词人。借词寓词，情意深矣。

狗男女

雌雄二狗结合，俗称狗男女。狗男女地位平等，凡事必议，凡议必歧，凡歧必求助于仲裁者猫。然猫狗间言语不通，只能以肢体动作示意是与否。经协商，颔首为是，摇尾为否。而不摇不颔者，皆非为否。因不摇不颔乃身体之障，均有肯定之可能。故猫每每仲裁，左顾右盼，首尾稍动，或均不动，遂呼噜唏嘘，大梦去矣。其意解为：亦是亦否，势均，无异。终为定论。故猫位于二狗之上，其仲裁总被采纳。是故二狗每每见猫，男诣女媚，携猫于肩，二狗在下，从而鼠之，"众"之意也。

华苑行

夜，风大作。未毕，大雨瓢泼，连数时。我仰卧于顶楼，听风声怒吼，骤雨击打铁皮屋顶。间歇，闪电划破远天，雷声隆隆滚来，压倒之势不可抗拒。以此背景噪声，我闭目塞听，转入内观。想法国哲人塞尔者，谓曰：人称之为背景噪声者，只有从大海上才能听得真切。她既平静，又激烈。对比之下，即使波涛汹涌，大海也难与此时我之阁楼相比。大海沉寂是暂时表面之现象。塞尔说根本没有什么现象学。存在的只有背景噪声。她是运动，无限，永不停息的骚动。她是连续，永恒，持久。她本身没有背景，因此她不可能脱离背景，不可能变成现象。她也是自在，自为，多变，就像蝾螈。

清晨，雨停风歇。华苑小路上多了些许夜间风雨雷电折下的树枝。细观之，人行道上几乎铺满了蚯蚓。短者寸余，长者二三。春夏之交，雨后土松，蚯蚓出洞，行至路面，却也多有作行人脚下之鬼者矣！联想夜间背景噪声，即使如此静寂之晨，亦有生命付出。不觉憾然：

夜间雨滂沱，
晨来路上多小蛇，
路边树婆娑。

又曰：

大海本无浪，

世事喧嚣波涛起，

噪声伴静寂。

一日，我匆忙躜行，凝神静思，至河边甬道。忽觉后颈有活物掠过，定睛看，却是一只灰鹊，得意间长鸣高飞而去。我抚颈，无伤。惊诧之余，吟小诗以慰：

凝神快步行，

呼觉耳边风声起，

擦肩鸟无迹。

又一日。还是那路，约同一时段。我不确知是否同一只灰鹊，亦恰在我快步凝神沉思的当口，从头飞过。顺风声望去，已落树顶。奇余，低头拾路，却见一蓝翎落脚前。躬身拾起，端详良久，却读不出任何信息。想我与此灰鹊、此蓝翎，究系何情？鸟袭人，缘何？园中鸟与人甚善，缘何袭我？抑或她我前世结缘，今生再续？抑或思无绪，遂提笔识之：

举头寻觅处，

一只灰鹊飞树中，

灰羽缘何多。

偶遇友小聊，谈及灰鹊落翎事。友笑曰：事果，定有因。凡因皆可能，当顺然而行，何足挂怀。

现实即合理，合理即现实，鸿儒如是说。然世无定，实可构。理无主，言无义，形无质。万般现象，皆为可能。灰鹊落翎，翎击行人，如海浪击石，本世界景观者也。天穹地阔，万籁嘈杂，无声不有。有声有杂，无声无杂。有圣火，则有贞女守候。两块破碎腊陶对接，显其空间之特异。一把钥匙入相配之锁。若去陶片和钥匙之锯齿，即无独有，只有平滑表面。一片白，皆万能，恍若空中无鸟，脚前无翎。世界平滑了，独有成为繁多。灰鹊是独有。鹊翎是繁多。我就在独有与繁多之间，无与有之间，虚与实之间。思之，则我与鹊翎合一无二矣!

入北口。东行少二里。华苑盛景之中,有雕塑园林。林中有小屋,青砖幽静,灰瓦情浓。花间草下,虫蝇嘤嘤。树影高天,翠鸟婷婷。时逢暮春,花红柳青。晚风拂来,婆娑轻灵。望落日红霞,更觉心往神之。于是信步迎余晖而往。未几步,便见人高栅栏。奇艳未赏,即已香气缭绕,芬芳扑鼻。疾步前行,见繁花于栏。然虽茂盛,却已茎孤叶稀。感叹世事繁减,物有盈缺。今味浓花俏,但无繁叶滋养,能立几时?明日推窗,花将何去?感怀之余,信口吟来:

远看一栅篱,

近闻花红香扑鼻,

推窗叶已稀。

细观之,见栏内屋舍,垂帘散去。晚风徐徐,绫罗飘然。室内一应,白绫覆遮,不觉凄然。抬眼天空一抹乏云,白色堇色交映。低首帷幕深处落,断床不等归鸟急。这入楼暝色,即便画栋雕梁,也不免催人箫声咽,凝辉怅惘,西风绝尘,残照凄迷。唯碧柳心惊,空怀秦楼月朗。黯然间随口吟道:

晚风绕山吹,

窗内绫罗堪凌乱,

寂寥断床归。

吟罢诧然。梦醒阑干。念东坡烛影摇风,一枕伤春绪。而今吾辈过不去,芳草词人醉,有情万里风拂面,无情梦惊回。遂信步离栏弃舍,不数步,又见日前所遇蓝翎。正可谓绣帘方残,又有画屏初会。纱窗几度,未上小楼春已暮,燕雀落雨几多秋。便躬身手拾起,一只花蚁羽中栖,酣睡无触须。

好一番空灵情境,禅意无限,似曾相识,却又恨悔。当年挥剑断红尘,别世事烂醉花间,薄酒一壶,纸笔键盘,思无定序,更比蚁羽鼾声急。而今万马飞蹄,千山竞越。一阵阵厮耳喧嚣,尘沙蔽天,噪声浊浓。叹燕雀冬去春又来，天工巧夺泥自啄。然沧桑纷乱，灾难频仍，万籁不宁，耳边噪声绵绵。遂心念俱灰。隐市堪如此，何不穷巷归？思罢举步，随意前行，有韵诗曰：

午后红茶毕，信步华苑行。

脚步自走去，觅食万人厅。

不料时尚早，楼前清影晰。

忽见楼脚碣，方知园中阙。

碣曰："观畴园，2001年4月落成。原名清华大学饮食广场。由我校三、四、五、六、清真食堂拆建而成。1707年康熙为皇三子兴建熙春园（今工字厅），乾隆将其扩建。内务府档案称园内有良田一百五十余亩，在今西大操场和大礼堂附近。乾隆帝在田边建观畴楼并多次题诗吟咏农事。今观畴园位于二百多年前的皇家试验田之侧。其名寓清华师生不忘稼穑之艰，农人之劳。2006年12月。"

读罢慨然。想清代皇室修熙春、建圆明、扩颐和，也并非只为消遣故。观畴以知农事，知农事以悟天道，由饮食而治国安邦，贤德也。然大清明君煞费苦心，教育后嗣以传承万代，却毁于列强之炮火。吾今参碣而立，悟历史之变迁，感世事之消弭。华苑上下，虽有明园残骸一二，丰碑若干，然西风几阵，沉浮几度。而今日新月异，物非人是。空怀古，情怀万里天涯挂，几户人家。遂叹曰：

观畴只见楼，

皇儿足迹史未留，

柔风吹细柳。

移步南行，越西操，过小桥。入林，听涛声如瀑。见垂柳轻摇，绿水满塘。山林放水一侧，厅阁楼堂一厢。虽波平风静，不足万顷，却也树高空明，倒影水中。气蒸云梦，意蕴无穷。想朱君夜走荷塘，独赏月色。薄薄清雾缠绕婷婷舞女，月高云淡却也朗照心中自由。我今白昼信步，粼粼碧波，空灵澄澈。水平如镜，深远幽然。树顶燕雀静隐。湖边三两行人。看不见孤帆远影，听不闻渐去桨声。更觉人生聚散无常，暮霭随风。虽辈晚未面，却也能忘年共月明，渺忽兮神交共勉。赞水中树影，怀江南荷嫩。唯不知春去夏来，秋之将至，更有冬之凋敝。物竟如此，莫道空林。遂吟诗感伤：

柳叶垂河面，

水底世界无呻吟，

静等七月莲。

于我，静等已然是活之方式。七月莲醉，乃生之奢侈。今虽百花竞开，争芳斗艳，而水底世界却够清凉，一派萧瑟，了然于心。想王维十九乐府，记桃源渔舟逐水，行尽清溪。山开望远路无尽，近闻花繁竹锦酒香醇。叹古人迷路路自开，吾今有路路自迷。多少自在，尽在此人事空影，孤烟蝉鸣。东篱欲采菊已落，秋雨独聚灯下虫。我今婆娑数株树，流连不返，当自弃。

转道南园。途经荒岛，闻花香鸟语，泉水声急。虽湖面月影已斜，水尽风起涟漪，却不知何树花开，香气扑鼻来，满园华云，鸟啼春夜月将去。遂闻一鸟长嘶，怅然飞过。好一只不饮不啄之孤鸟，天高路远，望断云崖，飞鸣念群。听其哀恸，耳边无意绪者聒噪。纷纷杂杂，痛快了多少庸夫俗客，悴花败柳，伪劣假冒。想我于聒噪中度日如年，喧嚣中不觉已暮雨寒塘，而童心依旧，矢志未酬，不知我者不谓我心忧。今风灯照夜，杯酒独酌，酒酣拔剑神曲舞，潇潇情怀磅礴。忽抬头，见天空一晃清婉，弯月如醉舟，无云缠绕。路边歇椅行人卧，唯我永夜梦挽留。单手抚琴歌长恨，芦笛脆，消了万世悲愁。叹曰：

弯月堪淡婉，

暮色清纯芦笛脆，

晨辉挂帘垂。

俄顷，风动云卷，笛声戛止，乌烟漫天。见西边雷鸣电闪，浊浪滔天，雨注垂直急泻，灾情不待言。我于华苑，登楼见西方骤雨，回首惊彩虹东现。园内拇指噼啪响，凝结自然奇观。唯我顾恋东西，两相对比，诧然于异域峡谷奇缘。五十五载转瞬逝，而今奇景重现，如此壮浪，焉不憾然。而从我心之化者，却不在景，而在天地幻影朝暮间。想诗仙一首将进酒，冰塞川，雪满山，心茫然，行路难。然仍破长风挂云帆，欲乘舟绕日月，抵彼岸，谁畏天地宽？东边彩虹西边雨，万物兴歇皆自然。想毕耳边风动，以此识之：

  西行云漫天，

   雷声隆隆雨不见，

    风动掀彩帘。

约半时，虹退雨歇。华苑喧声消尽。几声蟋蟀，几声虫鸣。近不闻书声琅琅，远处传来高铁嘶鸣。遂信步塘边。见三两斗笠，几把空杆，几片枯叶，更不见飞鸟水上悬。默然春情摇，岸边垂柳无叶，枝丫断，寂寞听风风无声，夏闲人倦，淡月纱窗，愁鬓新霜照斜阳，孤云未雨空悲怆。壮心老去，更叹归路无期。吾心无尘染，但见：

  明月乘风去，

   花落人闲山水静，

    垂钓浮萍满。

遂转道东南，赫然平房一片，人语无声，几缕茶烟，落花连连，曲径幽阑，更比农家院。谁道人间四月天，风吹黄昏软。星光泪眼，凌乱花影一晚，人间变幻不断。莫道徽因故居，思成一问，一世情缘。同枕共业，碑徽诗篇。而今故居依旧，桌几碟碗，残墙断垣，空悲了一代诗画情缘。春梦未醒夏夜凉，华苑清，一捧咖啡浓，好比：

  山坳一人家，

   袅袅炊烟往上爬，

    鸡鸣唤鹅鸭。

忆儿时春晨秋晚，布谷声急，牛犁马杖黑土亮。云乏归家，鸡鸣狗吠赛交响。米汤一勺，润唇滋肺眼目清。青菜一碟，养身健体自然康。热炕无梦，一觉醒来天地明。白昼无风，河塘湖泊淡如镜。听蜻蜓翼飞万里，感蜂蚁花间呼应。虽田间雨淋日晒，却也情深意浓。

行之思之，抬眼见一简陋平房，院中有桌椅杯盘，小二毛巾搭肩。遂入内，落座小憩。唤来清茶一壶，水果一碟，蛋炒韭菜一盘。食之。茶淡，果鲜，菜咸，更怪之以刀叉配，无筷碗。问，笑不答。不解其中意涵，遂以笔识之：

半个红苹果，

诧之餐桌无筷碗，

刀叉撮菜咸。

茶毕，起身欲辞，忽见一侧门。门内风景别致，简雅古朴，更有一番林断山明、衰竹隐墙之意境。细观之，隐墙之外，衰竹之内，有蛮杨细柳，弯月之下，婀娜袅袅，浮花浪蕊，姿丽骨清，宛若冰肌玉骨却遭多舛命运。然此一蓑烟雨，景随心，心随物，身安魂归处。烟尽，有物堆储，仿佛农事屋。有犁耙，撬棒，锹镐。花床土松，锄上留禾，粗花呢衣车前挂，众鸟见客惊飞离。我见之一点微酸，却不为梅子，而为早年残梦，闲客远居塞外，休嗟百计，终不能把酩酊断送秋。遂叹道：

一辆平板车，

粗花呢衣刮木屑，

浑身如刀割。

眼前旧衣挂，脑中往事如烟，飓风卷。当年松江饮马，铁骑无喧。秋至黄浪铺天，冬来鹅毛卷。春听布谷叫，夏燕卷门帘。我自一身中山，四载窗寒，纶巾缥缈轻烟。遂过嘉峪，越青海，高原又三年。家书如雪来年复，空得情意缠绵，遥寄萨河水，丝情几缕茶烟。往来三万六千里，携来粗呢片片。地高天远无处走，日间清泪流，夜来一副软枕头。梦里大汗浸巾透，醒来无处走。

今华鬓星繁，年光迟暮，虽落得锦衣无数，仍见壮岁未酬。梦断处，不嘲咏风月，不讽吟鎏金。更愿身老涿州，灵系六祖，文效岛至，寡邻闲隐，虽无僧敲门月下，却可日观高夫，草绿枣红，终归万寿。舒适可怜又可鄙，奈何秋风吼。

杂感之一

菜园里　一抹斜阳照绿地
瓜妞歪头　顶花带刺何须有
露浸蝉鸣　思一缕乡愁

一道栅栏　两家庄户
春来冬去共享有
风吹雨淋　来去鸡鸭鹅狗

鸟儿啁啾　两相和睦处　无隔阻
大地充裕　园中桃李芬芳
蝴蝶满园飞　物横流

山墙两堵　栅栏小无猜
界限无　午后斜阳暖

有事无事转山头

柳荫厚　种菜蔬　童年哲学无忌讳
撮灰土　捧玉树　焚香炉
缭绕烟雾寄情书

四季轮回　春秋未几度
夏日炎热淡忘　和煦风吹走
绿地蓝天　在雎鸠

大雅久不作　王风之音多蠹
诗仙继圣志　几多愁　几分忧
删述垂辉五十九

蟾蜍食月　虹入紫微
日月腾辉　忆秦皇当年多威武
心哀不死药　终了葬寒骨

而今诗仙久逝　诗篇渐淡
夫子论语艳俗　谁来歌舞
明月天山乐府

我欲狂澜力挽　白日难回光

群物被秋　荣华东流

浮云无定行路难　无归处

忽忆草原行　大汗才略雄

征南战北今无功　白骨一堆终不见

生前酒一杯

晚年童趣归　遂思幽州

但无旧屋有新楼　多了去处

青青长相伴　虑可除

杂感之二

夏至　云多变　高风挥毫
画天画地画云海
画龙画虎亦画骨

意境满怀　我自揣测　横亘天野
白杨拂绿柳　鱼鳞赛羽　紫骝翻玉蹄
毫挥万里黄沙迷

此一去细雨春风　花不落
直捣月宫　黄云追秋
惨淡藏辉　偶有蓝色补

昨夜不眠　阴云密布
空有预报说雷雨　临了热浪铺天

桑拿洗浴别衣冠

今夜不眠　湖边落日萦脑间
云罩西山　红晕满半天
荷花娇羞湖面　骑凤还

明夜不知眠　敢问云天
白马翩翩　杨花芊芊
群贤登鹤彩云间

禅心无限　问世间多少恓惶事
熙熙攘攘　聒噪耳环
青云弃　风云掩

孤翁独笠卧湖边　忽觉湖面深
色亦混　举头看　云层厚
旋风吹黑洞　更有红黄挂两边

天色晚　风淋雨注　天水一线
湖面粼波不见　但有万剑跳
烟雾如含　胜过大海波澜

风停雨住云黑　客来远方

步伐疲　枯眼倦　却也有琴声如燕

掩月如练　思之泉

而今清风朗月　不见黑云浮湖面

无云万里　不用一钱

沽酒一杯听夜猿

真人山居　晨起雾满园

玉色佳丽蜂拥　清歌艳舞流云遏

愁鬓诗长传

杂感之三

床前月洒霜
头举头落思故乡　小儿能吟
却不知山月明月　异有何妨

罗敷采桑　绿水衬映
光照红装　劝五马专程
蝉儿人儿谁问　花开花落陌上

浮生如梦若电　颜改迁
为何横波照泪泉　鼓瑟琴弦鸳鸯谱
伏案问青天

曲钩直弦　封侯路死笑也憨
卖魂买名　桌前有酒今不醉　身难退

徒伤悲　抚键扬眉　荧屏夺目辉

吾今吟歌为君笑
君酒何时饮
鸦已飞　花落风随

举目观沧海　酒仙驾鹤
诗情未遏　年少放歌咏三百
唯不见碧涯流霞绿水波

去京阙　千里远涉
草原不阔阔比海
山不见高高入天

路途独步　步履翩跹
迢迢荒原路　漫漫人生途
昔日游牧今何在　哀月照上都

唯牛羊不古　望碧空放远
绿海无边　觅苍鹰无影
射大雕无箭　英雄何去了

镛徒赞　思旧史　自伤感
夜半不能眠　声嘶力竭歌未了
雨灌耳畔　却别了暑中炎

心劳烦　意去滇　遂梦中无缘
却也有朋劝　呼白喊黑囊掷空
地北天南何时还

子游问天籁　群峰峥嵘心动魄
欲越幽居　听泉水叮咚
极目远　望断云中涧

杂感之四

日边冲要无双地
繁难第一州　名出清乾口
史远在春秋

燕易秦手　魏黄范阳国
二载降郡幽　此后州县易　易何求
无所变　人杰地灵美涿州

道元途坎坷　却留水经注
禹贡同功　经纬融通　读书破万卷
兼行天下山水路

蜀汉昭烈帝　结羽共桓侯
叱咤风云　名冠北斗

弘毅宽厚成帝业　义名留

范阳生慧能　六祖建南宗
人心见佛性　宗元言禅皆曹溪
王维撰碑铭

初唐有照邻　幽忧范阳城
人称汉相如　七言歌行丽不艳
独有南山桂花鲜

阆仙居范阳　退之教苦吟
作诗勤推敲　两句得三年
害得孤岛瘦　泪流诗下囚

元朗籍涿郡　陈桥称帝君
灭蜀江南定　烛影伴斧声
金匮有盟约　万世功者倾

邵雍亦范阳　源出尚不明
年少悟道是　伏羲熟记胸

清而不激河不流　道明清
近人冯承植　直隶涿州生
抒情堪为最　洋中融汇通
治学严真留北清　光自明

天民为今人　去范居北东
故事堪优秀　诗歌情尽衷
金鹰翱翔捧百花　金鸡鸣

吾师一得自龙城　去京师
择范阳　居凯旋　非为名史
不为群星　伏枥生态行

杂感之五

诗仙仰浩然正气
慕诗星醉月迷花
更有烟花黄鹤　碧空远影
水渺渺　情悠悠

然诗星空不媚俗　山清水淡
弃象忘言　蕴藉深远
了无醉中语　句句皆堪传

而诗仙无酒不诗
风花雪月　歌赠别寄　天有酒星
地有酒泉　斗酒酿诗篇

诗星归鹿门　咏歌寄归隐

山树月影醉心脾　忘乎所以
心惊孤寂　遁世无闷

诗仙归咸阳　咏诗寄繁花
醉酒杯中无生死　忘乎天地
心系孤枕　此乐为甚

诗星失意　归隐三径一丘
苦无资　怀其师　桂尽颜衰
感晚风瑟瑟　听蝉鸣凄凄

诗仙穷愁　酒酣三百心慰
一箪食　一瓢饮　笑看虚名
乘月光皎洁　独醉夜漫漫

诗星望香炉　淡笔含蓄
清灵辽远　色相俱空
实可谓飘忽永怀尘外踪

诗仙望香炉　云烟雾霭
泻水奔溅　银河垂挂

真可谓形神唯有谪仙词

诗星怀秋　睹物生情
悲落叶　哀雁飞
见归帆而落泪

诗仙怀秋风吹雁　芳草歇
残灯灭　望孤月而梦乡
瞻秋高而咏吟

星兮仙兮　物兮景兮
恓恓惶惶　怅怅惘惘　求醉酒
求隐游　恬淡凄恻功未求

跋

　　小书成就之机，春晓邀吾略聊。吾今人在旅途，终日乾乾，与时偕行，难于静安以成文字。借夜宿东方，太太酣眠。吾残梦方醒，遂作此跋。

　　此书虽小，却也周折。先画报，后文艺，辗转于鲁，春秋几度。幸得媛超襄助，春晓辛苦，终于付梓。心中感激，言实难书。

　　谓生命之落脚，虽可为垂垂暮年如吾，却也意在另端，如婴儿呱呱坠地。故书中诗之歌者，生命本体者也。生则体洁含香，命则笔耕不辍。常志目之所知，耳之所聪，心之所思，若生逢悦阅，却也命之所至矣！

陈永国

二零二一年十一月初于海南东方